이유미

읽는 취미는 쓰기에 대한 질투가 되어 더 잘 쓰기 위한
고군분투로 이어졌다.
전공도 하지 않은 카피라이팅을 책과 실무에서 혼자 배웠다.
약 18년간 직장 생활을 했고 그중 절반을 29CM
헤드 카피라이터로 일했다.
현재 작은 서점을 운영하며 손님이 오지 않는 대부분의 시간은
글을 쓰며 지낸다.
『자기만의 (책)방』『일기를 에세이로 바꾸는 법』
『잊지 않고 남겨두길 잘했어』『그럼에도 내키는 대로 산다』
『문장 수집 생활』『사물의 시선』을 썼다.

카피 쓰는 법

카피 쓰는 법

쉽고 짧게, 잘 쓰는
기본기를 다지기 위하여

이유미 지음

짧고 강렬하게, 잘 쓰고 싶다면

카피 쓰기에 관한 첫 책 『문장 수집 생활』을 막 출간하고서, 많은 사람들이 뜻밖의 관심을 주어 어리둥절한 사이 몇 차례 독자를 만날 기회가 있었습니다. 그중 하나가 홍대에 있는 한 중고서점에서 진행한 북토크였는데요, 당시 회사가 합정이라 퇴근 후 바쁜 걸음으로 땀 흘리며 걸어 목적지에 닿았던 기억이 생생합니다. 북토크를 무사히 마친 저는 책에 사인을 받으려는 독자들과 마주했습니다. 상상 속에서만 그리던 저자 북토크에 사인회까지 하게 되니 내 인생에도 이런 일이 벌어지는구나 싶었죠. 중고서점 매장 한쪽에서 진행한 강연이라 모객을 스무 명 남짓 했는데, 휘 둘러보니 다들 저보다 어리거나 비슷한 또래로 보였습니다. 대부분 묻지 않아도 사인을 할 때면 자신이 하고 있는 일이나 관심 분야를 이야기하며 말을 걸었습니다. 그러니까 이런 일을 하고 있어서 이 책을 읽었고, 북토크까지 오게 되었다는 걸요.

그중 유독 눈에 띄는 한 분이 계셨습니다. 50대 정도로 보이는 중년 여성이었는데요. 어찌나 두 눈을 초롱초롱하게 빛내며 들으시던지, 작은 수첩에 일일이 메모까지 하시는 모습에 도리어 제가 바짝 긴장했었죠. 마찬가지로 그분도 책에 사인을 받으려 줄을 섰고 차례가 되었습니다. 저와 눈이 마주치기 무섭게 환하게 웃으시며 끌어안고 있던 책을 제게 내미셨어요. 저는 궁금하지 않을 수 없었어요. 이 책은 카피라이팅 책인데, 재미있게 읽으셨을까? 어떻게 이 책을 읽게 되셨을까? 그래서 바로 여쭤봤어요.

"제가 밴드를 여러 개 운영하거든요?"

"밴드요? 아⋯⋯! 네이버 밴드요?"

"네. 그런데 말하는 거와 달리 채팅으로 글을 쓰니까 짧고 강렬하게, 잘 쓰고 싶더라고요. 그러다가 이 책을 읽게 된 거예요!"

솔직히 그 책이 온라인 커뮤니티를 운영하는 데 도움이 될 거라고는 전혀 예상하지 못했어요. 물건을 팔기 위해 사람들의 마음을 움직이는 글을 쓰고자 하는 분들 혹은 마케팅 관련 업무에 카피라이팅이 필요한 사람들만 읽을 거라 짐작했죠. 시간이 흘러 그로부터 3년이 지났습니다. 며칠 전에는 진행하는 온라인 강의 페이지에서 정말 다양한 사람들이 남긴 강의평을 보았어요. 개인 유튜브 채널을 운영하는 사람, 인플루언서는 아니지만 자신의 인스타그램에 좀 더 의미 있는 문장을 쓰고 싶은 사람, 한의원을 운영하시는 한의사 그리고 업무와는 아무런 상관없이 오로지 지금 매 순간을 잘 기록하고 싶은 사람. 물론 수강생 대부분은 마케터나 엠디, 기획자 그리고 카피라이터 지망생이지만 사이사이에 제가 유념해 둔 타깃이 아닌 사람들이 슬그머니 모습을 드러낸 거예요.

돌이켜보면 저도 처음부터 '카피를 써야지!' 하며 시작한 게 아니었어요. 제 업무를 정확히 카피라이팅이라고 이름 붙이기 전부터 고객을 담백하게 설득하는 짧은 메시지를 한두 번 쓰다 보니 어느 순간 회사에서 카피를 담당하는 직원이 돼 있었죠. 이전에는 책을 좋아하고 끼적이기를 즐기던 사람에 불과했어요. 그러다 거기에 더 많은 고객에게 가닿겠다는 목적과 더 깊이 공감하게끔 만들고 싶다는 목표가 생겨 끊임없이 고민하는 오늘에 이르렀어요.

저는 카피라이팅 강의를 할 때 잘 쓴 카피의 사례를 먼저 소개하고 뒤이어 세일즈 카피 쓰기의 기본에 대해 설명해요. 이건 순전히 흥미를 위해서였는데, 어쩌다 보니 출간도 같은 순서로 하게 됐네요. 전작『문장 수집 생활』은 소설의 문장을 활용해 카피를 쓰는 방법을 이야기하고, 이 책『카피 쓰는 법』은 카피를 쓰는 자세와 기본기를 설명합니다. 기본이 탄탄하면 자연스레 응용도 잘하기 마련입니다. 이 책을 펼쳐 읽다 보면 우리 일상 곳곳에 숨어 당신에게 속삭이고 있던 한 줄 한 줄이 카피라는 사실을 실감하게 될 거예요. 단 몇 줄로 온 마음을 전달하고 싶어 하는 많은 독자들께 쉽고 편하게 읽히면 좋겠습니다. 그래서 한 줄이라도 쓰고 싶다는 마음이 들면 좋겠어요. 이 책은 또 어떤 분이 읽고 어떻게 활용할지 몹시 궁금합니다. 저마다 필요한 곳에 알맞게 활용할 수 있는 카피 쓰기 입문서가 되길 희망해 봅니다.

I

버려진 전단지도 누군가의 고민이었다

: 카피라이팅에 대하여

○

누구에게나 버리지 못하는 물건이 있지요. 저는 맥시멀리스트라 많은 것을 못 버리지만 그중에서도 제가 절대 처분하지 않는 노트가 있어요. 꽉 찬 내용물로 원래의 세 배쯤 불어난 이 스프링노트는, 뭔가를 적어 놓는 공책의 기능보다 인쇄물을 붙여 놓는 스크랩북 역할을 했습니다.

저는 카피라이터가 되기 전 약 5년 동안 편집디자이너로 일했는데요, 편집디자이너로 취업하기 위해 포트폴리오를 준비하던 때 이 스크랩북을 만들었어요. 잡지나 홍보 브로슈어, 리플릿 같은 전단지에서 도움이 될 만한 타이포그래피를 오려 붙이는 방식이었는데요. 처음에는 과제로 시작했지만 습관이 되니 시키지 않아도 하게 됐어요. 이후에는 스크랩북을 보물처럼 간직했고요. 멋진 타이포그래피를 두고두고 참고하려고 밤낮으로 잡지를 오렸던 기억이 나요. 당시 여섯 살 조카와 한집에 살았는데 이모가 전단지를 모은다는 걸 알고 조카가 바닥에 떨어진 피자 가게 홍보 전단지를 서너 장 주워 와 저에게 줬던 기억이 나요. 그 종이를 건네면서 조카가 이렇게 말했어요. "이거 이모가 제일 좋아하는 거 맞지?" 그렇습니다. 그땐 그 어떤 보물보다 전단지를 귀하게 여겼어요. 꼭 멋진 편집디자이너가 되기로 마음먹었으니까요.

편집디자이너로 일할 때는 전단지에 인쇄된 텍스트의 디자인을 중점적으로 봤다면, 카피라이터가 된 뒤에는 당연히 내용에 집중하게 됐지요. 상품 소개 글을 장황하게 쓰는 건 쉽지만 눈에 띄는 한 줄을 뽑기가 얼마나 어려운지 직접 경험한 뒤로는 번화가에 흩뿌려진 명함 전단지의 문구 하나도 허투루 보지 않게 되더라고요. 카피를 기계가 대신 써 주진 않으니 그 한 줄을 완성하기까지 누군가는 밤잠 설쳐 가며 얼마나 고민했을까 하고 동병상련의 마음이 되는 거죠. 제가 세운 기준대로 잘 쓴 카피와 못 쓴 카피를 구분할 때도 있습니다. 하지만 잘 쓰고 못 쓰고를 떠나, 세상 모든 카피에는 카피라이터의 고뇌와 애씀이 묻어 있단 생각에 어떤 카피도 함부로 대할 수 없게 되더라고요.

카피를 뽑기 위해 공들인 시간과 결과물의 만족도는 비례하지 않습니다. 카피라는 게 오랜 시간 붙들고 있다 해서 맘에 쏙 드는 한 줄이 나오는 것도 아니란 얘기죠. '신내림'을 받은 것처럼, 정말 순식간에 써 내려간 한 줄이 많은 사람들에게 회자되는 경우도 적지 않습니다. 그렇다고 해서 카피 쓰는 데 시간을 많이 쏟지 말라는 얘기는 아닙니다. 평소에 얼마큼 꾸준히 텍스트에 관심을 갖고 신경을 기울이는지가 중요하다는 것이죠. 그에 따라 '카피내림'의 빈도수가 다르기 때문입니다. 카피를 쓰겠다고 마음먹은 이상 평소 생활에서 텍스트에 민감하게 감응할 줄 알아야 하고, 완성된 카피에 질문을 던질 수 있는 자세를 갖춰야 한다고 생각해요. 그런 노력이 쌓여야만 기발한 콘셉트의 제품이나 낯선 서비스를 어필하는 카피라이팅 작업이 나에게 주어져도 두려워하지 않고 쓸 수 있는 능력이 생겨요.

제가 스프링노트에 잡지나 전단지에서 오린 타이포그래피를 스크랩했던 것처럼 여러분도 스쳐 지나가는 수많은 텍스트에 예민해져 보세요. 텍스트에 대한 감각 안테나를 늘 세우고 있어야 많은 사람들에게 공감을 얻는 카피를 뽑을 수 있어요. 더불어 타인의 작업물을 함부로 평가하지 않는 것도 중요해요. 길바닥에 떨어져 있어 무심코 밟고 지나간 전단지의 한 줄 카피도 누군가 밤새 고민한 흔적일지 모르니까요.

1

{ **사람의 마음을 흔드는 한 줄** }

누군가 저에게 "가장 기억에 남는 카피는 무엇인가요?"
라고 묻는다면, 음…… 바로 떠오르는 것이 없습니다.
딱 하나를 고르기가 어렵기도 하고요. 하지만 제가 왜
카피라는 것에 매력을 느꼈는지는 정확히 말할 수 있습
니다. 그건 바로 '날 알아주는 글'이었기 때문이에요. 말
하자면 카피를 통해 '공감'을 경험한 거죠.

　　잡지나 TV 속 광고 카피 혹은 온라인 쇼핑몰 배너
속 한 줄 카피를 쓴 사람은 분명 나를 모를 텐데, 어떻게
내 마음을 읽은 듯한 문장을 쓴 걸까? 마치 카피라이터
가 저를 그 전부터 알아 온 것 같았어요. 가령 카피에서
제 마음속 고민이나 걱정을 발견한다면 이렇게 생각하

겠죠. '나만 이런 고민을 안고 있는 게 아니었나?' 책 속의 긴 문장을 통해 주인공의 상태나 심리에 공감한 적은 있었지만, 고작 한두 줄짜리 글귀가 나를 꿰뚫고 있는 듯한 느낌을 줄 수 있다니! 바로 그즈음부터 카피라이팅의 매력에 빠진 것 같아요.

카피라이팅에서 고객으로 하여금 브랜드 또는 제품이 나를, 내가 처한 문제를 잘 알고 있다고 느끼게 하는 건 중요합니다. 나를 잘 알고 있다는 느낌이 들면 해당 브랜드를 나와 잘 맞는 브랜드로 받아들이게 되고, 그건 곧 브랜드나 제품의 팬으로 거듭나는 지름길이 되기도 하거든요. 탁월한 제품 자체를 앞세워 고객의 사랑을 얻는 것도 좋지만, 내가 쓴 한 줄 카피로 그 제품을 써 보기 전인 누군가를 팬으로 끌어들이는 일은 얼마나 짜릿하던지요.

세상에는 모든 사람을 향해 외치는 카피가 있는가 하면, 극소수 사람들에게만 소곤대는 카피도 있습니다. 둘 중 어느 카피가 좋다 나쁘다 말할 수는 없어요. 둘 다 중요합니다. 더 끌리는 쪽이 있을 뿐이죠. 저는 사소한 것을 말해 주는, 소곤거리는 카피에 끌렸어요. 제가 겪은 경험과 정서를 토대로 카피를 쓴다면 더 잘 쓸 수 있을 것 같았거든요. 잘할 것 같은 감이 오면 더 열심히 하게 되고요.

물론 모든 카피를 자기 경험만으로 쓸 수는 없습니다. 책이나 영화를 통해 간접경험을 하거나, 주변 사람들에게 물어보며 마치 공부하는 것처럼 카피 쓰는 실력을 차근차근 쌓아 나가야 하지요.

카피라이팅을 두고 '사람의 마음을 흔드는 한 줄'이라 말합니다. 그런 맥락에서 저는 어느 강의 제목을 '팔지 않아도 사게 만드는 카피라이팅'으로 정하기도 했어요. 누군가와 함께할 때 우리의 마음은 언제 움직이나요? 바로 상대방과 내가 비슷하다고 느낄 때, 상대방이 날 알아줄 때입니다. 타인을 알기 위해서는 그 사람이 되어 봐야겠죠. 이해하려고 노력해야 합니다. 그리고 경험해야 합니다. 인디언 속담에 '그 사람의 신발을 신고 오랫동안 걸어 보기 전에는 그 사람을 비판하지 말라'는 말이 있습니다. 상대방의 신발을 신고 걸어 보는 것과 카피라이터가 할 수 있는 간접경험은 서로 목적은 달라도 맞닿아 있는 것 같아요.

연애편지 써 보셨나요? 연애편지는 누군가에게 내 마음을 글로 전달해 그 사람도 날 좋아하게끔 하는 것이 목적입니다. 카피에 대해서도 그렇게 접근하면 부담이 적을 거예요. 고객과 연애하는 마음을 갖고서 내가 쓴 카피를 통해 고객의 마음을 내 쪽으로 조금씩 끌어당겨 보는 겁니다.

2

{ 누군가에게 계기가 될 수 있다면 }

저는 카피라이터라 불립니다. 하지만 여러분이 종종 영화나 드라마에서 보던 광고회사의 카피라이터와는 조금 다릅니다. 제품이나 서비스를 판매하려고 사람들을 설득하는 광고 문구를 만드는 일을 하는 사람이라는 건 같지만, 프로젝트를 성사시키기 위해 경쟁사와 프레젠테이션을 하며 광고주와 일을 하진 않았습니다. 저는 한 회사에 소속된 사람으로서 우리 회사 사이트에 노출해야 하는 각종 기획전이나 이벤트의 슬로건을 쓰고, 입점한 브랜드의 제품에 관해 날마다 십여 개 이상의 짧은 글을 쓰는 일을 했어요. 광고 아이디어를 내고 글로 표현하는 일을 하는 건 같지만 광고 세계의 복잡하고 날선 업무는 경험해 보지 못했어요. 그래서 저에게 광고 회사에서 일해 보고 싶다며 질문하는 분들에게는 저보다 더 좋은 대답을 해 줄 수 있는 다른 분을 소개해 드리곤 해요.

한 직장에서 글쓰기를 담당하며 회사라는 곳에서 나올 수 있는 온갖 종류의 글을 처리하다 보니 자연스럽게 카피도 쓰게 됐습니다. 정식 코스를 밟아 카피라이터라는 이름으로 불린 게 아니라서, 혼자 공부하며 저에게 맞는 방식을 찾아보는 수밖에 없었지요. 그러던 중 이시은 작가의 『짜릿하고 따뜻하게』라는 책을 읽게 됐습니다. 이 책은 제가 자주 추천하는 책이기도 한데, 카피라이터인 저자가 일본 광고를 소개하며 자신의 생각을 담은 에세이입니다. 회사에서 세일즈 카피 쓰기를 담당하던 시절 어떤 식으로 써야 할지 감이 잘 잡히지 않을 때 우연히 읽은 책인데, 제게 아주 큰 도움이 됐죠. 특히 후지TV 광고 카피는 앞으로 어떤 마음가짐으로 카피를 쓸지 감을 잡는 데 길잡이가 되어 주었습니다.

후지TV를 보고, 좋아하는 사람에게 고백했다.

후지TV를 보고, 다시 학교에 가야겠다고 생각했다.

후지TV를 보고, 어머니에게 편지를 썼다.

후지TV를 보고, 기타를 샀다.

후지TV를 보고, 헤어스타일을 바꿨다.

(······)

요즈음 일본, 확실하게 말해서 기운이 없습니다.

하지만 이런 때일수록 한 사람 한 사람이,

꿈이나 희망을 믿고, 무언가를 해 보자고

움직이는 것이 중요하다고 생각합니다.

우리들은 그런 계기를 만드는 방송국이고 싶습니다.

― 후지TV 광고 「난 누군가의 계기가 되고 싶습니다」

전문을 옮기지 못할 만큼 꽤 긴 카피였지만 한 줄 한 줄이 담아 낸 공감할 수밖에 없는 소소한 에피소드에 감동받았던 기억이 납니다. 내용도 내용이지만 저는 어떤 단어 하나에 꽂혔는데요, 바로 '계기'입니다. 이 광고는 후지TV가 누군가에게 '무엇을 할 수 있는 계기'가 된다고 말합니다. 사실 이 카피에서 계기라는 단어를 만나기 전까지 저는 계기를 깊게 생각하지 않고 살았습니다.

계기 契機
어떤 일이 일어나거나 변화하도록 만드는 결정적인 원

인이나 기회.

물론 뜻은 알고 있었지만 이 카피를 통해 완전히 달리 느꼈죠. 그때의 느낌을 그대로 설명하자면 굉장히 멋진 단어라는 것이었어요. 이거다, 이 단어를 염두에 두면 앞으로 어떤 카피든 써 볼 수 있겠다,라는 생각까지 들더라고요.

어쭙잖게 흉내를 내며 쓰는 건 어렵지 않겠지만 저에겐 명확한 방향이 필요했습니다. 내가 세일즈 카피를 쓰는 이유 말입니다. 고객들이 우리 회사 제품을 고르는 결정적인 요인이 될 수 있는 카피를 쓰려면 무엇을 기준에 두고 써야 할까? 저에겐 그 기준이 '계기'였습니다. 내가 쓴 카피를 계기로 고객들이 '이 제품 한번 써 보면 어떨까?' 하고 생각하게 되었으면 한 거죠. 다시 말해 물건을 사게끔 동기를 부여하는 건데 그걸 강요가 아닌 설득을 통해 해야겠다고 다짐했습니다. 이미 많은 카피라이터가 이 점을 당연하게 여기고 있었는지도 모릅니다. 하지만 어떤 과정을 통해 스스로 깨우치는 것과 남이 한 말을 들어서 알게 되는 것은 다르더라고요. 조금 과장해 말하자면 계기라는 단어가 내 것, 나만의 단어가 된 듯한 기분이었어요.

그 뒤로 저는 카피를 쓸 때마다 생각했습니다. 아무리 쉽고 간단한 내용이어도, 페이지 구석에 디자인돼 사람들이 읽지 않을지라도 반드시 카피에 '계기'를 넣겠다고요. 글을 쓰면서 계기라는 것에 대해 좀 더 깊이 생각해 보니, 세일즈 카피에서는 계기를 만드는 데 다음 세 가지가 가장 중요하게 작용했습니다.

— 고객에게 제품이 필요한 상황을 제시한다.
— 제품이 고객의 어떤 문제를 해결해 줄 수 있는지 설명한다.
— 제품이 고객의 일상에 들어갔을 때의 모습을 미리 보여 준다.

그러니까 세일즈 카피를 쓸 때 자신이 정의한 계기라는 괄호 안에 위 세 가지에 해당하는 내용을 넣어 보는 거죠. 그러고 나서 계기를 가장 잘 만들어 내는 카피를 최종적으로 선택하는 겁니다.

한 가지 힌트를 드리자면 여기서 계기를 넣어 보라는 건 대단한 걸 쓰라는 뜻이 아닙니다. 사소한 것을 써야 합니다. 그래야 더 많은 사람들이 공감하거든요. 우리는 보통 사람들에게 물건을 파는 것이지 특정한 집단

에만 파는 것이 아니기 때문입니다.

평소 개인적인 경험과 정서를 잘 정리해 놨다가 필요한 곳에 넣어 봅시다. '봉테일'이라 불리는 영화감독 봉준호도 『기생충』으로 아카데미상을 받을 때 이런 이야기를 남겼죠. "가장 개인적인 것이 가장 창의적인 것이다." 마틴 스코세이지의 이야기를 인용한 이 말을 듣고서 저는 '내가 그래도 엉뚱하게 쓰고 있진 않았구나' 하며 안도했습니다. 어떤 이들은 자신이 느낀 사소한 감정이나 경험 따위는 카피를 쓸 때 유용하지 않을 거라 여기지만 절대 그렇지 않습니다. 그게 바로 남들과 차별화할 수 있는 소스가 되는 것이니까요.

최근 모 기업의 젊은 디자이너들을 대상으로 카피라이팅 강의를 진행했는데, 수업이 끝난 후 한 수강생이 이렇게 말했어요. 여태껏 개인적인 생각이나 경험은 카피에 쓰지 말라고 배웠다고요. 그래서인지 그 수강생이 작성한 카피는 '지구를 지키는' 같은 큰 이야기로 시작했습니다. 큰 주제, 큰 말은 이미 많은 사람들이 다방면에서 하고 있습니다. 카피라이터라면 덜 할 필요가 있죠. 오히려 공감하기 힘든 말이라 사람들이 남 일처럼 생각하기 쉽거든요. 그 주제에 대한 이야기를 하되, 작은 것에서 시작해야 합니다. 바로 자기 자신의 이야기 말이죠.

다시 한번 말하자면 제가 생각하는 세일즈 카피의 역할은 소비자가 제품을 살지 말지 고민하고 있을 때 '한번 써 보면 어떨까?' 하는 계기를 마련해 주는 것입니다. 고객을 조급하게 해서 사야 될 것만 같게끔, 필요하지도 않은데 구매하도록 만드는 게 아니라 제안하고 설득하는 담백한 메시지로 한번 시도해 볼 용기를 주는 거죠. 어떤 소비는 자극적인 카피 때문에 충동적으로 이뤄질 때가 있습니다. 카피의 목적이 고객의 소비를 부추기는 데만 있다면 그것도 나쁠 건 없겠지요. 하지만 그런 소비만을 주장하는 카피는 언젠가 고객의 소비 죄책감으로 이어질 확률이 높아요. 카피라이터가 쓰는 카피는 고객의 지갑을 열기 전에 마음을 열어야 한다고 생각합니다. 그것이 한 줄 카피로 고객의 일상을 풍요롭게 할 수 있는 길이기도 하고요.

내가 쓴 한 줄이 누군가를 미소 짓게 할 수 있다면 그보다 멋진 작업이 있을까요? 카피로는 가능합니다. 어느 고객이 '나 어떤 카피 한 줄 때문에 이 물건을 샀어'라고 한다면, 카피로 소비자의 마음을 건드리는 데 성공한 셈이죠.

3

{ 타인이 되어 보는 유연한 자세 }

저는 책 욕심이 어마어마합니다. 이 욕심의 결과물이 제 책방을 꾸리는 일로 이어져 얼마나 다행인지 몰라요. 며칠 전 책방에 한 손님이 와서 '책을 많이 소장하고 싶지만 남편 눈치가 보여 원하는 만큼 사지 못한다'고 하더라고요. 저도 거쳐 온 과정입니다. 책방에 제 책을 옮겨 놓기 전까지 천 권이 넘는 책이 좁은 집에 있었으니, 저희 남편은 대놓고 티는 안 내도 속으로 엄청 불만이었을 거예요.

책방에서 판매할 책을 도서 유통 업체에 주문하면 책이 오기까지 보통 2-3일이 걸립니다. 판매용 책이지만 사실 책방에 손님이 많이 오지 않기에 대부분 나중에는 제가 읽을 거라는 생각으로 주문해요. 그런데 그사이에도 읽고 싶은 책, 빨리 받고 싶은 책은 넘쳐 납니다. 그럴 때는 책을 당일 배송해 주는 온라인서점에서 주문합니다.

잠자리에 들 때도 두 권 정도 챙깁니다. 한 권을 읽다가 다른 책이 궁금해질 수도 있으니 미리 대비합니다. 솔직히 어떤 날에는 피곤해서 한 페이지도 못 넘기고 스르르 눈이 감길 때가 있어요. 그런데도 자기 전 하루를 마무리하는 독서는 꼭 해야 합니다. 그냥 잘 수 없어요.

제 주변에는 글 쓰는 분이 많습니다. 아무래도 제 관심사가 그쪽으로 향해 있으니 주의 깊게 지켜보고 있죠. 쓰는 사람 중에 읽기를 싫어하는 사람은 못 봤습니다. 쓰는 사람이 읽는 건 물이 위에서 아래로 흐르듯 당연한 일일지 몰라요. 한데 카피를 써 보리라 마음먹고 제게 이것저것 질문하는 분 가운데 글 읽기가 싫다는 분이 간혹 있습니다. 꼭 책을 읽어야 하느냐는 분도 있었지요. 책 말고도 읽어야 할 게 너무 많다는 겁니다. 바쁘기도 하고요.

하지만 카피 쓰는 것도 글쓰기의 한 종목입니다. 그러니 읽지 않고 쓰겠다고 하는 건 욕심이 지나친 거죠. 책을 처음부터 끝까지 완독해야 한다는 부담감만 좀 내려놓으면 책 읽기는 한결 수월해집니다. 제 책꽂이에는 책날개로 읽은 부분까지만 표시해 둔 책이 아주 많습니다. 이 습관이 좋다고는 할 수 없지만, 저는 책을 읽다 지루해지면 읽기를 멈추는 대신 다른 책에 손을 뻗습니다. 그러다 보면 예전에 읽다 만 책이 손에 잡히기도 하는데 그게 또 어떨 때는 밤새 읽을 정도로 쭉쭉 읽혀요. 독서에는 타이밍이 있어요. 책과 시기의 궁합이요. 그러니 지금 안 읽힌다고 해서 책 읽기 자체를 멀리하지 않으려는 마음가짐이 가장 중요합니다.

카피라이터가 되고자 한다면 활자와 친해져야 합니다. 물론 꼭 책에만 텍스트가 있는 건 아니죠. 하지만 책에 가장 많지요. 일상에서도 주변에 보이는 텍스트를 잘 관찰해야 합니다. 남이 쓴 것을 읽고 내 생각을 대입해 보기도 하고 '나라면 어떻게 썼을까?' 계속 질문해 봐야 해요. 쉽지 않습니다. 이 모든 건 습관이 돼야 가능하거든요. 습관이 되려면 몇 차례 지속적인 경험을 해야 합니다. 내가 읽은 문장에서 아이디어나 소스를 얻는 경험을요. 그러면 나중에는 누가 시키지 않아도 그렇게 행동하게 되더라고요.

생각을 막 굴리고 있는 시점에 어떤 단어 하나를 보게 되는 것으로도 실마리가 풀릴 때가 종종 있어요. 그럴 땐 이게 운명인가 싶을 만큼 기막힌 타이밍에 감사한 마음이 들기도 하는데요, 따지고 보면 어느 날 갑자기 그런 해결의 실마리가 내 앞에 나타난 게 아니라는 걸, 나는 늘 뭔가를 읽고 보고 쓰고 있었다는 걸 깨닫게 되거든요. 그게 바로 3장에서 다룰 '아마추어는 영감을 기다리고 프로는 일하러 간다'는 말의 의미인 것 같습니다. 늘 행동하고 있어야 해요. 그리고 생각도 행동에 포함됩니다. 저 또한 일이 없을 때마다 메모하고 필사하고 단어를 찾는데요. 지금 당장 써 먹을 수 있는 것도 아니고 어깨랑 손목은 아파 오니 이게 다 무슨 소용인가 싶은 순간도 있어요. 누가 시킨 것도 아닌데 그만할까 싶기도 하고요. 하지만 아주 조금씩이라도 읽고 쓰다 보니 그런 습관이 만족할 만한 결과물로 이어지더라고요.

저에게도 정말이지 아무것도 하고 싶지 않을 때가 찾아온답니다. 그럴 땐 TV만 죽어라 봐요. 읽지 않습니다. 그러다 하루쯤 지나면 자연스럽게 책에 손을 뻗게 돼요. 불안한 마음도 없지 않습니다. 책을 읽어야 한다는 압박감도 있어요. 하지만 그걸 기분 좋게 받아들이려고 합니다. 글을 써야 하니까요. 밑거름을 만드는 중이라고 생각하는 거죠.

카피라이터는 어쩔 수 없이 타인이 되어 봐야 합니다. 그래야 내가 정한 타깃에게 필요한 무언가를 제안할 수 있고 더 나아가서는 타깃의 마음까지 이해할 수 있으니까요. 그러자면 일상에서 유연함을 갖는 게 중요합니다. 너무 한 방향으로 치우쳐 있기보다 골고루 받아들일 준비가 돼 있어야 한다는 거죠. 주관이 없다는 것과는 다른 얘기입니다. 자기만의 주관을 갖되, 내 기준에 안 맞는 것을 무시하거나 배척하는 게 아니라 일단 이해하려고 노력해 보는 거예요. 타인의 믿음, 행동, 결정에 '그럴 수도 있겠다'라고 반응하는 거예요. 그래야만 나와 다른 성별, 다양한 연령대의 사람들에게 내 제품과 서비스를 한 줄 카피로 제안할 수 있습니다.

'카피라이터의 태도'라고 하면 좀 거창하게 들리니, '태도'라는 말 대신 우리가 평소에 흔히 쓰는 '제스처'라는 말을 넣어 봐도 좋을 것 같습니다. 누군가와 대화할 때 나도 모르게 팔을 움직이거나 고갯짓을 하는 식으로 제스처를 취하듯, 읽고 쓴다는 행위를 내 몸에 자연스럽게 익히고 유연함까지 갖춰 보자는 것입니다. 저도 이러저러한 태도를 가져야겠다고 처음부터 생각한 건 아니었어요. 여러 번 실수하고 욕도 먹다 보니 일하는 데 더 수월한 방향을 찾게 된 것뿐이죠. 싫은데 억지로

받아들이기보다 '지금은 카피라이터로서 저 사람의 행
동을 이해해 보자' 하며 가볍게 마음먹어 보는 겁니다.
어렵지 않을 거예요.

II

벗어던지기 어려운 것이 습관이니까
: 카피를 위한 일상 세팅하기

○

이젠 과거의 일이 되었지만 회사에 다니던 시절, 하루 중 메모를 가장 많이 하던 때는 퇴근할 때였습니다. 회사 건물을 나와 지하철역까지 3분 남짓 걸어가야 했는데요, 그때 아이디어나 글감이 많이 떠오르더라고요. (생각이 막힐 때 산책을 하라는 말을 새겨들을 필요가 있습니다. 진짜거든요. 행동이 바뀌면 뇌도 다른 생각을 한다고 해요.) 온종일 책상 의자에 앉아 키보드만 두드리다가 이제 막 걷기 시작하는 그 순간, 막혔던 물꼬가 트이듯 생각이 콸콸콸 쏟아지기도 했습니다. 신기하게도 매번 그랬어요. 그때마다 가방 속에서 스마트폰을 꺼내 메모장을 열었어요. 저는 메모 앱을 따로 쓰지 않고 아이폰의 기본 메모장을 이용합니다. 지금 보니 메모 개수가 321개네요. 단어 하나만 기록한 것도 있고 장문의 글을 주저리주저리 적은 것도 있습니다. 맞춤법이나 띄어쓰기는 무시했습니다. 저만 알아보면 되니까요. 그리고 걷는 중이라 제대로 쓰기도 힘들어요. 비가 오거나 눈이 오거나 생각이 떠오르면 무조건 썼습니다.

매번 번뜩이는 아이디어가 떠오르는 건 아니지만 적는 일을 귀찮아하지 않는 게 가장 중요했어요. 뭐든 적어 놓기만 하면 언젠가는 반드시 유용하게 쓰이더라고요. 평소에 습관을 어떻게 갖느냐에 따라 업무 효율도 달라집니다. 제가 이 장에서 다루려는 습관 세 가지는 관찰과 메모 그리고 사전을 들춰 보는 일입니다. 아마 완전히 산뜻한 내용은 아니라고 느끼셨을 거예요. 맞습니다. 하지만 왜 그토록 많은 사람들이 오랫동안 이 세 가지를 이야기하는지 실제로 일하면서 깨달을 수 있었습니다. 간단해 보여도 쉬운 일은 아닙니다. 저 또한 이 방법들이 몸에 자연스럽게 익기까지 꽤 긴 시간이 걸렸거든요. 어떤 일이든 습관이 되려면 최소 20일이 필요하다고 합니다. 전문가가 되기 위해선 1만 시간이 필요하다지요?

습관이 되려면 한 번의 긍정적인 경험 또한 중요합니다. 이 습관이 내게 도움이 될 거라는 긍정적인 마인드도 소홀히 생각하면 안 됩니다. 얼마 전 지인이 제게 이런 말을 했습니다. "제 아내는 약이 굉장히 잘 들어요." "약이요?" "네, 두통약이든 소화제든. 약만 먹으면 무조건 나아요. 왜 그럴까요?" 저는 고개를 갸우뚱했습니다. 그러자 지인이 말했습니다. "매사 긍정적이거든요. 약을 믿어요. 두통약을 먹으면 머리가 안 아플 거라고 믿죠. 의심하지 않아요." 아마 그 아내분도 한 번의 긍정적인 경험으로 쭉 그렇게 믿게 되었을 겁니다. 저도 마찬가지입니다. 누구나 그럴지도 모르죠. 퇴근길에 귀찮음을 무릅쓰고 가방에서 스마트폰을 꺼내 해 놨던 메모가 나중에 꽤 좋은 글감이 되는 경험을 해 본다면요.

> 처음에는 우리가 습관을 만들지만 그다음에는 습관이 우리를 만든다.
> — 김은경, 『습관의 말들』

이렇게 한번 겪고 나면 그 효험이 아쉬워서라도 귀찮아서 미루는 일은 안 하게 됩니다. 사전을 찾아보는 것도 같은 이치입니다. 글을 쓰다가 간단히 '마음'이란 단어의 유의어를 검색해 보는 것도 좋지만, 종이사전을 꺼내 직접 페이지를 홀홀 넘겨 가며 찾아보는 작업에는 우연한 발견이란 보너스가 있습니다. 한데 이것도 귀차니즘을 이겨 내야 가능한 일입니다. 일일이 종이사전 찾는 일을 비효율적이라 여기는 분도 있을 텐데, 모름지기 글을 쓰는 사람이라면 책상에 종이사전 한 권쯤 갖춰 놓고 뒤적여 보는 게 어떨까 싶습니다.

4
{ 관찰하기 }

코로나19로 생활의 많은 부분이 바뀌었죠. 그중에서 재택근무를 빼놓을 수 없는데요. 저 또한 아이가 장기간 어린이집에 등원하지 못할 땐 책방에도 나갈 수 없어 집에서 작업을 해야 했습니다. 코로나19가 확산되기 전 저희 집 주방에는 식탁이 없었어요. 거실에 상을 펴 놓고 세 식구가 밥을 먹곤 했거든요. 하지만 집에서 글을 써야 하는 날이 늘어나니 식탁이 필요하단 생각이 들더라고요. 살림 늘리기 싫어하는 남편에게 저의 고충을 이야기했고 남편도 흔쾌히 허락해 자그마한 식탁을 들였습니다.

그 식탁에 앉아 노트북을 펼치고 글을 쓰기 시작한

어느 날 눈에 자꾸 거슬리는 게 있었어요. 식탁에 앉아 정면을 바라보면 반은 거실, 반은 욕실인데 활짝 열린 욕실 문 너머로 낡고 오래된 세면대와 변기가 보이지 않겠어요? 몇 번은 눈 질끈 감는 심정으로 욕실 문을 닫고 글을 썼습니다. 근데 식탁에서 글을 쓸 일이 늘어나 자꾸 그 자리에 앉다 보니 욕실이 거슬렸고, 가리기보다는 이참에 고쳐 볼까 하는 생각이 들더라고요. 쇠뿔도 단김에 빼라는 말이 있듯 생각난 김에 업체를 찾기 시작해 일사천리로 공사를 강행했습니다. 그런데 그게 끝이 아니었습니다. 욕실 공사를 마친 후 다시 그 자리에 앉아 글을 쓰는데 이번에는 욕실 옆 아이 방이 보이잖아요? (이쯤 되면 저의 주의력 산만을 의심해 볼 필요도 있을 것 같습니다.) 아이 방에는 옷장이 없고 행거만 있었는데 그 지저분한 행거가 자꾸 걸리는 겁니다. 그래서 이번에는 오래된 행거를 버리고 옷장을 새로 샀어요. 이제 아이도 초등학생이 될 테고 옷도 많아졌으니 옷장이 필요하다는 합리화를 하면서요.

코로나19로 식탁이 필요해졌고 식탁 앞에 앉으니 거기에 앉지 않았다면 몰랐을 것들을 새롭게 보게 된 거예요. 글로는 간단히 요약되지만, 사실 저는 꽤 오랜 기간 불편한 것들을 들여다보며 고민하고 남편과 이야기를 나누고 자료를 찾으며 시간을 보냈습니다. 관찰을 생활화해야 한다는 이야기를 하려다 인테리어 공사 이야기만 잔뜩 늘어놓았는데, 가만 보니 이게 전부인 것 같아요. 낯선 곳에서 새로운 방향으로 사람 혹은 사물을 바라보면 안 보이던 게 보입니다. 내가 보려고 해야 보이기 시작해요. 또 불편한 걸 그냥 넘기지 않는 게 중요합니다. 카피를 쓰는 목적은 고객의 불편을 해소하는 데 있으므로 카피라이터는 고객이 겪는 문제를 계속 생각해야 합니다.

결국 카피의 목적은 소비자에게 개선안을 제시해 소비자를 설득하는 것입니다. 이는 사람을 상대로 하는 일이니, 당연히 사람을 관찰하는 게 먼저입니다. 주요 타깃이 정해졌다면 그들 중심으로 관찰을 이어 가는 게 더 효율적이겠죠. 그들의 행동과 더불어 대화에도 관심을 가져야 합니다. 요즘 어떤 이슈가 그들 사이에서 화제인지, 그들의 대화에 주로 등장하는 단어나 표현은 무엇인지 귀 기울여야 해요.

현대인은 하루의 많은 시간을 스마트폰을 들여다보며 지냅니다. 하지만 관찰하려면 스마트폰을 잠시 내려놓아야 하죠. 고개를 들어 주변을 살펴야 합니다. 거북목 치료에도 효과가 좋을 거예요. 제가 육아휴직으로 집에서 아이를 돌볼 때가 생각나요. 슬슬 복직 준비를 해야 해서 어린이집에 아이를 한 시간 정도 맡기고, 그 시간 동안 근처 카페에서 쉬곤 했습니다. 하루는 좋아하는 아이스라테를 주문해 자리를 잡았는데, 옆자리에 오십 대 정도로 보이는 여성 세 분이 앉았어요. 모처럼 만난 친구 사이로 보였습니다. 저는 자연스레 그들의 대화를 듣게 됐지요. 그때 한 분이 커다란 창문을 바라보며 이렇게 말했습니다. "이야~ 오늘 날씨 정말 뭐라도 널고 싶은 날씨다!"

다른 친구들은 그분 말에 까르르 웃으며 "맞아, 맞아!" 외치고선 무릎을 탁탁 쳤습니다. 오십 대 여성들이니 집안일을 자주 했을 테고, 그들에게 좋은 날씨란 뭐라도 햇볕에 널어야 덜 손해인 날씨인 거죠. 날씨에 대한 수많은 표현을 듣고 써 봤지만 생활에서 건져 올린 이런 문장은 얼마나 귀하던지요. 저는 그분 말을 듣자마자 스마트폰 메모장에 적어 뒀습니다. 다 적고 나서 저도 창으로 들어오는 가을 햇살을 만끽하며 커피를 한 모금 마셨습니다. 그 말을 기억하고 적어 뒀기 때문에 이 글을 쓰고 있는 지금도 6년 전 그날의 햇살이 선명하게 떠오릅니다.

이런 대화는 어떻게 활용할 수 있을까요? 가령 세

탁과 관련된 제품에 써 볼 수 있겠죠. 광고에 다음과 같이 대사를 넣어 자연스럽게 공감대를 형성할 수 있을 거예요. 보통 "와, 날씨 너무 좋다!"라고만 했다면, 여기에 "오늘 날씨, 뭐라도 널어야 할 것 같지 않아?"라고 덧붙여 보는 겁니다. 느낌이 확 달라지지 않나요?

무언가 불편하고 해결이 필요한 문제가 있을 땐 그걸 계속 관찰하세요. 해결의 실마리가 보일 거예요. 그렇게 건져 낸 한마디 또한 열심히 적어 놓으세요. 잘 풀리지 않던 문제를 처리해 줄 열쇠가 될 수 있어요.

5

{ 메모하기 }

제가 메모에 대한 이야기를 할 때마다 빼놓지 않는 잔소리는 "여러분의 머리를 너무 믿지 마세요"입니다. 대부분의 사람들이 '이 정도쯤이야 기억할 수 있어! 귀찮은데 메모를 언제 해?'라고 생각하지만, 누군가에게 방금 무언가를 말하려다 깜박하고서 '내가 뭘 말하려고 했지?' 한 경험, 한 번쯤 있지 않나요? "뚜렷한 기억보다 희미한 연필 자국이 낫다"라는 문장을 기억해 두기 바랍니다. 아니, 이것도 포스트잇에 써서 책상 앞에 붙여 놓으세요. 자주 봐야 익숙해져요. 제아무리 뛰어난 기억력을 가졌다고 한들 어딘가에 끼적여 놓은 '흔적'만 할까요? 흔적이 남았다면 유추라도 할 수 있잖아요.

요즘 저는 책을 읽을 때 독서노트를 함께 펼쳐 놓고 읽기 시작해요. 독서노트는 한 권의 책을 다 읽고서 그에 대한 감상이나 좋은 구절 등을 적어 놓는 것으로 주로 쓰이지만, 저는 아이디어 메모장으로 사용해요. 이렇게 써 둔 게 나중에 서평을 쓸 때 좋은 글감이 되기도 하지요. 책 한 권을 다 읽은 뒤 그 책을 회상하며 쓰는 것보다 읽는 중간중간 떠오르는 생각을 놓치지 않고 메모하는 것이 활용도가 훨씬 높아요. 저는 문고본 사이즈에 스프링이 달린 얇은 노트를 사용하는데, 책 옆에 펼쳐 놓고 쓰기 좋더라고요. 노트가 너무 크거나 스프링이 없으면 사용하기 전부터 불편함이 먼저 떠올라 귀찮아지기도 하거든요.

메모의 방법은 다양하답니다. 저는 앞서 말한 것처럼 노트나 수첩에 적기도 하지만 스마트폰 메모장도 많이 활용해요. 문득 떠오른 무언가를 즉시 적기에 스마트폰만큼 재빠른 도구도 없지요. 아이디어가 도망가기 전에 담아 둬야 한다는 생각으로 중구난방 적긴 합니다만, 반드시 시간이 생기면 노트북을 펼치고 워드 파일에 옮겨 분류해 둡니다. 메모하는 이유는 지금 내 생각을 단순히 풀어 놓고 싶기 때문이기도 합니다. 그렇지만 언젠가 활용하리라는 분명한 목적이 있기에, 필요할 때 바로 쓸 수 있도록 메모를 정리정돈해 놓는 건 필수입니다.

카피라이터는 수시로 접하는 많은 것을 메모하는 게 좋습니다. 그중에서도 어떤 상황에서 느낀 감정이나 기분을 적어 놓는 건 매우 쓸모 있지요. 텍스트로 느낌이나 정서 그리고 감각을 표현해야 하는 일이 잦으니, 평소 느낀 바를 그냥 흘러가게 두지 말고 적어 놔야 해요. 가령 동네 산책을 하다가 아는 사람을 보고 인사를 했는데 그 사람이 나를 몰라볼 때, 혹은 내 목소리를 듣지 못했을 때(되게 구체적이고 사소한 상황이죠?) 창피함을 느꼈는지, 머쓱했는지, 기분이 상했는지, 다행이라 여겼는지 등을 적어 놓는 거예요. 상황 자체를 메모하기보다 그 상황 속에서 느낀 감각, 감정을 적는 게 중요해요.

며칠 전에 새로 산 티셔츠를 꺼내 입었는데 목에 붙은 태그 때문에 하루 종일 불편했었어요. 여러분도 그런 적 있지 않나요? 따가운 무언가가 계속 목에 닿을 때의 불편함. 곧바로 스마트폰 메모장을 열고 "남들 눈에는 안 보이지만 나만 지속적으로 느끼는 불편에 대해 쓸 일이 있으면 이 경험을 활용해야겠다"라고 적었어요. 쓰일 날이 오면 좋겠지만 안 쓰여도 괜찮아요. 불편을 그대로 놔둔 게 아니라 뭐라도 남겼다는 것 자체로도 뿌듯하거든요.

다양한 내면세계에 공감해야 하는 카피라이터에게 감각, 감정 메모는 매우 중요한 습관입니다. 오늘부터 스마트폰 메모장도 좋고 작은 수첩도 좋으니 지금 내 생각과 느낌을 적는 연습을 해 보세요.

6
{ 종이사전 찾아보기 }

책을 읽다가 모르는 단어가 나오면 어떻게 하시나요? 미루어 짐작하거나 궁금한 채로 넘어가시나요? 사실 단어 하나 몰라도 내용을 이해하는 데 큰 지장은 없을 겁니다. 근데 만일 이렇게 그냥 지나친다면 책을 제대로 읽었다고 할 수 없을지도 모르죠. 그 단어를 그 자리에 넣기 위해 작가가 아주 많이 고민했을 테니까요.

저는 독서하다 모르는 단어가 보이면 귀찮아도 꾹 참고 스마트폰으로 손을 뻗어 단어를 검색합니다. 그런 다음 단어에 동그라미를 치고 여백에 새롭게 알게 된 단어의 뜻을 연필로 적어 둡니다. 나중에 밑줄 그은 부분을 필사할 때 단어만 따로 정리하기도 하지요. 처음부터 이렇게 일일이 찾아봤던 건 아니지만 습관을 들이려면 어쩔 수 없다고 판단했어요. 궁금증도 습관이 되면 답을 찾으려는 자연스런 행동으로 이어지거든요.

한데 어찌 보면 인터넷으로 검색하는 건 쉬운 방법입니다. 여기서 더 나아가 종이사전을 뒤적여 보길 권합니다. 사전의 얇은 종이를 펄럭이며 뒤척일 때의 느낌이 참 좋거든요. 모르는 걸 배워 가는 사람의 모습은 또 얼마나 아름답던가요. 스마트폰으로 검색하는 게 아름답지 않다는 건 아니지만요. 사실 종이사전을 권하는 이유는 따로 있습니다. 바로 내가 찾던 단어가 아닌 단어도 보게 된다는 것입니다. 인터넷으로 검색하면 원하는 답만을 빠르게 찾아볼 수 있지만 종이사전을 뒤적이면 내가 찾지 않던 단어까지 접하게 되니까요. 우연한 기회가 준 단어와 만나 보길 바랍니다. 찾던 단어가 아닌데도 눈에 띄는 단어를 발견할 수 있고, 알던 단어의 또 다른 의미까지 얻게 됩니다.

즉각적인 단어 수집이 몸에 배어야 합니다. 나중을 기약하지 마세요. 나중에는 나중의 일이 또 생깁니다. 지금 궁금하다면 바로 찾아서 모르는 걸 해결해야 합니다. 단어 수집을 미루는 것보다 더 안 좋은 습관은 궁금해하지조차 않는 거겠죠. 모르면 모르는 대로 넘어가 버리면 그게 여러분의 단어 습득 한계이자 어휘력의 한계 나아가 세상을 이해하는 힘의 한계로까지 이어집니다. 처음 보는 단어나 알던 단어의 또 다른 뜻이 궁금하다면 지금 바로 사전을 펼치세요. 사전이 없다면 지금 바로 주문하세요. ('지금 바로 ~하세요'는 행동을 촉구하는 카피라이팅 방법입니다.) 사전을 구비해 놓는 것은 카피라이터에게 꼭 필요한 무기 하나를 갖추는 일입니다.

III

아마추어는 영감을 기다리고 프로는 일하러 간다

: 카피 쓸 준비하기

○

"아마추어가 영감을 기다릴 때 프로는 일하러 간다." 이 말은 작가 스티븐 킹이 한 말입니다. 저도 어딘가에서 듣고는 허벅지를 탁 쳤던 기억이 나요. 스티븐 킹은 작가이니 당연히 매 순간 쓰라는 말을 하고 싶었던 거겠죠. 간혹 작가들이 영감이 올 때를 기다리며 마냥 손 놓고 있는 걸 보고 한 말이었을 거예요. 생계를 유지하려고 갖은 일을 하면서도 퇴근 후에는 소설을 썼다는 스티븐 킹의 말처럼, 우리도 뭔가를 해야 합니다.

카피라이팅 강연을 하고 나면 청중의 질문을 받는데, 이때 나오는 질문엔 반드시 '어떻게'가 포함됩니다. 평소 어떻게 해야 꼭 필요할 때 명쾌한 한 줄 카피를 쓸 수 있느냐는 거지요. 이 장에서는 바로 그 '어떻게'를 이야기합니다. 이런 방법을 몰랐던 분도 있을 테고 이미 알고 있던 분도 있을 텐데요, 몰랐던 분들은 새롭게 알아 가는 재미를 느끼는 한편, 알고 있던 분들은 자신의 방법을 재차 확인하며 공감하는 장이 될 것 같습니다.

자, 그럼 일하러 가 볼까요?

7

{ 수집하기 }

책 속에서 문장 찾기

저는 『일기를 에세이로 바꾸는 법』에서 '사소한 걸 구체적으로 쓰라'는 이야기를 했습니다. 우리가 글쓰기를 주저하는 이유 가운데 하나는 대단한 걸 쓰려고 하기 때문인데, 그럴 게 아니라 일상에서 벌어지는 소소한 상황을 세밀하게 쓰는 연습을 해야 한다는 거죠. 그러면 더 자주 쓸 수 있고, 자주 쓰면 그만큼 계속 쓸 수 있는 동력이 생깁니다. 다만 한 사람이 살면서 직접 겪을 수 있는 경험의 다양성에는 한계가 있으니 책에서 타인의 경험을 습득할 필요가 있습니다. 책에는 다양하고 복잡한 일상이 숨어 있어요. 일일이 사람을 만나거나 사건을 겪어 보지 않아도 그저 읽는 것만으로 무언가를 경험할 수 있습니다. 그런 간접경험을 하게 하는 가장 손쉬운 도구가 책이지요.

책 속에서 찾는 문장에 대한 이야기를 하자니 『문장 수집 생활』이 나온 뒤 한창 북토크나 강연을 하면서 집중적으로 받았던 질문이 떠오릅니다. 소설 속 문장을 응용해 카피에 접목시키는 방법이 곧 그대로 베끼는 표절 아니냐는 거였어요. 충분히 오해할 수 있는 부분이어서 그때마다 제 의도를 다시 이야기하곤 했는데, 이 지면을 빌려 한 번 더 말씀드리고 싶습니다.

'소설로 카피 쓰기'는 책 속 문장이나 단어를 그대로 가져오는 게 목적이 아닙니다. 내가 직접 겪지 못한 다양한 상황을 수집하는 게 진짜 목적이에요. 책 속에 등장하는 여러 인물의 상황을 엿보고 우리가 카피를 쓸 때 고려해야 하는 사람들을 상상하는 것이죠. 이 카피에 공감하게끔 만들어야 할 사람들의 구체적인 상을 그리는 작업이에요. 나와 다른 성별, 연령대, 직업군에 속한 등장인물의 생활을 간접적으로 체험하는 겁니다. 왜 이런 작업이 필요할까요? 카피라이터는 타인이 되어 봐야 하기 때문입니다. 그 사람의 상황이 되어 봐야 그에게 지금 무엇이 필요한지 제안할 수 있으니까요. 때로는 책 속의 어떤 문장 하나가 상당히 마음에 들 수도 있어요. 그럴 때는 뉘앙스만 참고하세요. 그 문장에 있는 단어를 바꿔서 다시 써야 합니다. 참고만 해도 충분히 새로운 카피를 쓸 수 있어요.

카피라이터가 타깃으로 삼아야 할 대상은 매우 다양합니다. 삼십 대인 내가 십 대가 주로 사용하는 앱을 소개해야 할 때도 있고, 육십 대 남성을 주 타깃으로 한 제품의 카피를 써야 할 때도 있습니다. 제가 일했던 온라인 편집숍 29CM의 사이트 이용 주 타깃은 '2535 여성'이었지만 그에만 집중할 순 없었습니다. 아기부터 어르신까지 거의 전 연령대를 아우르는 제품을 소개해야 했으니까요. 삼십 대 워킹맘에게 육아용품을 판다면 워킹맘에 대해서는 물론, 어린아이의 특징에 대해서도 알고 있는 게 좋겠죠. 결혼하지 않은 카피라이터라면 책에서 관련 정보를 채집하는 게 도움이 될 거예요. 직접 만나 대화해 보는 것도 방법입니다. 육십 대 남성에게 어필할 물건을 팔려고 카피를 쓸 때에는 그들의 생활 방식을 알면 유용하겠죠. 나아가 다양한 직업의 특징을 수집하는 것도 활용도가 높을 것입니다. 카피를 붙일 제품의 주 타깃을 정할 때 여자/남자, 아이/어른/노인으로만 나누지 않고 구체적으로 나눠 접근할수록 대상에 집중하게 되니, 결과적으로는 정말 제품을 살 사람에게 가닿기가 유리하겠지요.

타깃에 관한 내용은 4장에서 다시 한 번 말씀드릴게요. 이 장의 핵심은 카피를 쓰는 사람에겐 주 타깃의 삶을 세심하게 그려 보는 상상력이 필요하다는 것입니다. 그리고 그 상상력을 뒷받침해 줄 소스로 책만 한 게 없다는 거죠.

한국 젊은 작가의 소설 읽기

책에서 많은 영감과 통찰을 얻는 저에게 간혹 어떤 책 위주로 읽어야 하는지 질문하는 분들이 있습니다. 제 경험에만 기대어 답변하자면, 한국 젊은 작가들의 소설을 읽어 볼 것을 권하고 싶습니다. 사실 시대나 장르에 상관없이 책은 큰 도움을 주지만 동시대 소설만큼 오늘날의 보편적인 문제, 요즘 사람들의 심리, 고민거리, 주변 풍경에 대한 묘사를 얻을 수 있는 활자 콘텐츠는 없다고 생각해요.

예전에 별생각 없이 카피를 썼다가 나중에야 아차 했던 경험이 있어요. '엄마는 청소하는 게 힘들고 아빠는 출근하는 게 버겁다'는 식의 카피를 썼는데, 왜 엄마는 당연히 설거지하거나 밥을 짓느라 고생한다고 생각했을까, 또 왜 아빠는 당연히 출근하는 사람이라고 단정지었을까 싶었던 거죠. 카피를 쓸 당시엔 사람들이 그냥 지나쳤을지 몰라도 지금은 시대가 변했죠. 성별에 따른 역할, 나이에 따른 행동을 고정관념에 갇혀 이야기하면 안 됩니다. 많은 사람들이 보는 글을 쓰는 카피라이터가 이런 틀을 벗어나지 못하면 안 되겠더라고요.

『문장 수집 생활』을 출간하고 얼마 뒤 저는 어느 독자가 남긴 혹평을 읽었습니다. 내용인즉 "여자는 죽을 때까지 가꿔야 한다" 같은 문장에 강한 반감을 보인 거였어요. 사실 그 전까지 깨닫지 못했기 때문에 이런 평을 읽고 쥐구멍에라도 숨고 싶었습니다. 개정판을 낸다면 그 부분을 반드시 수정하겠다고 다짐하기도 했고요. 경험만큼 값진 깨달음은 없습니다. 저도 독자의 쓴소리를 통해, 예부터 들어 오던 말을 당연하게 생각하는 시대는 갔다는 걸 깨달았어요. 그때부터 더 자주 확인합니다. 내가 쓴 문장 때문에 상처받거나 소외되는 사람이 없을지요. 카피 쓰는 사람은 열린 마음으로 다양한 사람들의 다채로운 삶을 읽어 내고 글로 옮길 줄 알아야 합니다. 그렇기에 무엇이든 당연하게 여기는 태도는 철저히 피해야겠죠. 어떤 경우도 쉽게 넘어가지 않겠다. 주목받지 못하는 누군가를 소외시키지 않겠다는 다짐을 소설 속 다양한 인물의 삶을 읽으면서 단단히 굳히곤 합니다. 내 주변만 살피고 내 발밑만 조심하는 일이 카피 쓰는 사람에겐 얼마나 위험한지, 내가 서 있는 자리 너머를 상상하는 것에 노력과 용기가 얼마나 필요한지 곱씹어 봅니다.

제 경험에 기대 한국 젊은 작가들의 소설을 권하긴 했지만, 여러분이 맡는 작업에 따라 폭넓게 책을 읽어보고 알맞은 분야를 선택하면 됩니다. 저 또한 한때 일본 소설을 많이 읽고 거기서 나름대로 공감대를 찾다가, 한두 권씩 읽기 시작한 한국 소설에 제 일과 접목할 수 있는 요소가 더 많다는 걸 깨달았거든요. 아무래도 우리의 환경이나 정서가 더 잘 반영돼 있으니 그런 거겠죠. 그 소설 속에는 내 친구가 있고 동료가 있고 부모가 있습니다. 내가 모두와 직접 이야기 나눠야 알 수 있는 것을 소설 속 인물의 이야기를 읽으면서 간접경험하는 것입니다.

책 밖에서 문장 찾기

'빈 문서 공포증'은 대단합니다. 노트북 앞에 앉으면, 흰 화면에 커서를 대고 첫 글자를 입력하는 일 말고는 뭐든 잘할 수 있을 것 같아요. 심지어 가장 하기 싫은 욕실 청소도 이보단 만만합니다. 욕실에 들어가면 내가 뭘 해야 하는지 정도는 알거든요. 고무장갑을 끼고, 세제를 칙칙 뿌리고, 변기 솔을 들고…… 단지 귀찮을 뿐이죠. 하지만 카피를 쓰고 글을 시작하는 건 얘기가 다릅니다. 왜 이렇게 시작이 어려울까요? 심지어 두렵기까지 해요. '쓸 수 있을까? 못 쓸 것 같은데?'라는 생각부터 들죠. 무에서 유를 창조하는 게 이렇게나 어렵습니다. 새로운 걸 만들어야 한다는 압박감도 상당합니다.

저는 이 막막함을 책에서 재료를 찾는 방법으로 어느 정도 극복했습니다. 다 극복한 건 절대 아닙니다. 글을 쓰기로 한 이상 평생 극복되진 않을걸요? 아무튼 앞서 말한 것처럼 소설을 읽고 공감되는 문장이나 훗날 도움이 될 것 같은 소재를 필사해 파일로 정리해 놓습니다. 모아 놓은 문장들은 저의 든든한 지원군입니다. 그런데 '소설로 카피 쓰기'를 주제로 강연할 때 다음과 같은 질문을 받은 적이 있었어요.

"저는 소설을 별로 좋아하지도 않고 소설 읽을 시간이 없는데 어떡하죠?"

제가 반문했습니다.

"그럼 평소 뭐에 관심이 많으신가요?"

"저는…… 드라마 좋아해요."

"바로 그거예요! 드라마로 시작하세요. 드라마로 카피 쓰기! 어때요?"

소설에만 해답이 있는 건 아닙니다. 드라마, 영화, 예능 프로그램, 다큐멘터리, 신문, 홈쇼핑…… '소설로 카피 쓰기' 방식을 응용해 볼 수 있는 매체는 우리 주변에 아주 많아요. 저도 양심이 있지, 어떻게 책만 읽으라고 강요하겠어요? 제가 이런 질문을 받을 때마다 내놓는 답변은 "좋아하는 것에서 시작하세요"입니다. 저 또한 '카피에 써야지' 하고 소설을 읽기 시작한 게 아니라 소설이 좋아서 많이 읽다가 제 일에 도움이 되는 것들을 발견한 거니까요.

각자 좋아하는 것에서 빌려 오면 돼요. 소설을 읽는 가장 큰 이유는 간접경험을 하기 위해서인데, 드라마나 영화를 보면서도 소설 읽을 때 못지않게 간접경험을 할 수 있죠. 드라마와 영화에는 '대사'라는 매우 훌륭한 글감이 있잖아요. 아무 생각 없이 보다가 혹 꽂히는 명대사를 들으면 바로 메모장에 적으세요. 꼭 멋진 대사가 아니어도 좋아요. 또 말의 뉘앙스 같은 것을 참고할 수도 있겠죠. '아, 청소년은 저런 식으로 대화하는구나' 하고요. 저는 홈쇼핑을 즐겨 보는데요, 채널을 돌리다가 제품이 아니라 쇼호스트의 멘트에 홀린 듯 멍하니 보게 될 때가 많아요. 쇼호스트는 소통을 잘하죠. 일방적이지 않습니다. 계속 댓글을 보며 소비자와 이야기를 주고받아요. 우리가 느끼는 보편적인 문제를 이야기하며 공감을 이끌고, 제품의 장점을 드러내고 강조합니다. 이 매끄러운 과정을 알아챘다면 놓치지 말고 메모해야죠.

　퇴사하고 한 달도 채 되지 않은 날이었어요. 아이를 등원시키고 다시 집에 돌아와 빨래를 개키면서 TV를 틀었습니다. 오전 11시경이었는데 홈쇼핑 천국이더군요. 직장 다닐 땐 그 시간에 TV 볼 일이 없어 몰랐어요. 상품도 매우 다양했습니다. 저처럼 오전에 바쁜 일(자녀 등원·등교, 가족 출근 등)을 마치고 리모컨을 든 주부를 대상으로 하는 방송이 많았어요. 속옷부터 샴푸, 화장품, 안마기 등 어디에 채널을 고정해야 할지 모르겠더라고요. 그러다 여성 카디건을 파는 채널을 보는데 쇼호스트가 이렇게 말했어요. "여러분을 행복하게 하는 게 제 일이에요." 저도 모르게 고개를 끄덕이면서 더듬더듬 스마트폰을 찾게 되더라니까요. 그 쇼호스트의 진심 어린 한마디에 훅 하고 넘어간 거죠. 대수롭지 않은 말에서도 우리는 아이디어를 얻어 올 수 있습니다.

예능 프로그램의 꽃은 자막이라고 하지요? 그 정도로 자막엔 읽을거리가 아주 많습니다. 단순히 출연자들의 말을 그대로 옮겨 적은 게 아니에요. 배경을 설명하거나 상황을 묘사할 때도 자막이 깔립니다. 시적인 표현도 매우 많아요. 그런 자막을 유심히 보세요. 내가 잘 쓰지 않던 단어나 표현을 적어 놓은 거니까요. 카피라이터뿐만 아니라 글 쓰는 일을 하는 사람은 무방비로 늘어져 있는 주변의 텍스트에 민감해야 합니다. 하다못해 누군가 내 차 창문에 꽂아 놓은 메모지의 글귀, "지나가다가 차가 너무 좋아 보여서 몇 자 남깁니다"라는 글귀에서도 힌트를 얻을 수 있어요. (그건 중고차 딜러가 만든, 쪽지를 가장한 명함이었습니다.)

프랑스 영화감독 장뤼크 고다르는 "어디서 가져왔느냐가 중요한 것이 아니라 어디로 가져가느냐가 중요하다"라고 했어요. 빌려 쓰는 것에 대한 죄책감을 내려

놓으세요. 적합한 예의와 절차를 거쳐 내 것으로 만들어, 내가 가고자 하는 방향으로 가져가면 돼요. 아무것도 없는 상태에서 시작하려면 어렵습니다. 내가 모아 놓은 문장에서 출발해 보는 거예요. 한결 가벼운 마음으로 시작할 수 있습니다.

8
{ 필사하기 }

직장에 다니던 시절 저의 오전 루틴은 출근길 지하철에서 읽은 책의 밑줄 그은 부분을 사무실에 도착해서 필사하는 것이었어요. 아침에 아주 바쁜 일이 있지 않는 한 일주일에 네 번은 지켰던 것 같아요. 제가 하는 필사는 책을 읽다가 공감 가는 문장 혹은 뒤통수를 세게 맞은 것처럼 정신이 번쩍 드는 문장에 밑줄을 그어 놓고 그걸 워드 파일에 타이핑하는 식이었는데요, 필사筆寫가 아니라 정확히는 필타筆打죠.

손으로 쓰지 않는 데는 세 가지 이유가 있습니다. 첫 번째는 손글씨를 못 쓰기 때문이고, 두 번째는 전적으로 키보드 타이핑을 좋아하기 때문이에요. 마지막 세

번째는 자료화해 보관할 수 있기 때문입니다. 자료화에 대한 것은 뒤에 나올 '자료 만들고 정리하기' 부분에서 집중적으로 알려 드릴게요. 여기서는 두 번째 이유에 대해 조금 더 이야기해 보려고요. 키보드로 타이핑하는 작업을 할 때 저는 출근길 눈으로 읽은 내용을 손으로 다시 정리함으로써 정신을 좀 깨우는 편이었어요. 이때 책상에 독서대를 펼쳐 놓고 그 위에 책을 꽂은 다음 밑줄 그은 부분을 정리해 나갔는데요. 다른 직원들이 타이핑하는 저를 보고 뭔가 되게 열심히 일한다고 생각하게끔 하려는 숨은 목적도 있었답니다.

좋아하는 소설의 문장을 수집해 카피에 응용하는 나름의 노하우를 체득한 뒤로는 '문장 수집'을 게을리할 수 없었어요. 어떤 문장과 그 속의 단어가 꼭 필요할 때 찾아볼 수 있는 유용한 자료가 될 수 있게끔 정리하려는 목적도 있었지만, 내가 선택한 좋은 문장에 대한 감각을 잃지 않기 위해서기도 했어요. 책에서 발췌한 탁월한 문장을 반복해서 소리 내어 읽고 씀으로써 나의 문장을 쓸 때 이 느낌을 흉내라도 낼 수 있다면 좋겠다고 생각한 거죠. 품질 좋은 물건을 사용해 본 사람이 훌륭한 제품을 만들 수 있듯, 좋은 문장을 지속적으로 읽고 베껴 쓰면 나도 언젠가는 그 감을 익혀 내 것에 충분히 녹여 낼 수 있겠다고 판단했어요. 실제로 감각적인 문장에 쓰인 단어나 시적인 리듬감 등을 익혀 두니 가끔 저도 모르게 그런 문장을 쓰고 있더라고요. 그래서 가능하면 문장력이 좋은 책 위주로 읽으려 해요. 말장난이 심하거나 트렌드만 반영해 사람들을 자극하는 책은, 읽어서 도움이 될 수 있을지를 오랫동안 생각하고 선택합니다. 물론 스토리에만 주목해 책을 골라 읽을 때도 있어요. 마치 영화를 보듯이요. 주로 미스터리, 스릴러 장르 가운데 문장력과 더불어 스토리에 충실한 작품이 많죠.

작가들 사이에서도 필사에 대한 찬반 논쟁은 여전히 뜨겁습니다. 왜 하는지 모르겠다, 시간 낭비다, 그 시간에 차라리 내 글을 하나라도 더 쓰는 게 낫다,라고 하는 분들도 적지 않지요. 저는 이렇게 생각해요. 필사는 훌륭한 한 줄을 뽑아내기 위한 '도움닫기'라고요. 도움닫기는 높이뛰기, 멀리뛰기, 창던지기에서 뛰거나 던지는 힘을 끌어 올리기 위해 구름판까지 일정한 거리를 달리는 일이죠. '일정한 거리를 달리는 일', 이게 바로 제가 생각하는 필사의 정확한 비유입니다. 한 번에 끝나는 게 절대 아니고 꾸준히 해야 하는 거예요. 더 높이 성장하기 위해선 일정한 거리 달리기를 멈추면 안 돼요. 책을 읽다 보면 '아, 이 문장을 내가 썼더라면 얼마나 좋을까?' 싶을 때가 있는데요. 저는 그런 문장을 보면 질투가 생기는 데서 끝나지 않아요. 그 문장을 베껴 써서, 작가가 이 문장을 뽑았을 때의 감각을 저도 한번 느껴 보려고 하죠. 때로는 문장 정도가 아니라 한 꼭지를 다 베껴 쓰기도 하는데, 이건 그 꼭지의 기승전결 패턴을 따라가 보기 위해서예요.

물론 카피 쓰는 모든 분이 필사를 하진 않을 거예요. 여전히 필사에 대해 부정적인 분들도 있을 테고, 이쯤에서 나도 한번 해 볼까 하는 분도 있을 텐데요. 결정은 각자의 몫입니다. 다만 경험은 한번 해 보면 좋겠어요. 필사가 좋은 점이 또 있어요. 잘 이해되지 않던 문장을 옮겨 적으면서 저도 모르게 그 문장이 제대로 이해되기도 하더군요. 정여울 작가도 『끝까지 쓰는 용기』에서 '필사는 제대로 이해하는 데 필요한 과정'이라며, 필사야말로 텍스트를 이해하고 공감하기 가장 좋은 방식이라고 말했습니다. 잃는 것보다 얻는 게 더 많은 읽기 방법이 필사입니다. 시간도 참 잘 가고요, 무엇보다 뭔가해낸 것 같은 성취감과 쾌감이 따라와요. 타인의 글이지만 제 손으로 다시 한 번 썼다는 데서 오는 착각의 뿌듯함도 있습니다. 저는 그런 경험을 통해 계속해서 쓸 수 있는 힘이 생긴다고 믿어요.

9

{ 묘사력 키우기 }

카피나 글을 쓰다 표현력이 벽에 부딪힐 때가 종종 있습니다. 뭔가를 설명하고 싶은데 정확한 단어도 안 떠오르고 어떻게 묘사해야 할지 막막할 때요. 주목받는 카피의 공통점을 살펴보면 평소 사람들이 잘 건드리지 않던 부분을 들춰낸 경우가 많은데요. 남들이 다 이야기하는 부분이 아닌 생각지도 못한 부분을 짚어 내는 데서 신선한 충격을 주는 듯해요. 저 또한 글을 쓸 때 '이걸 어떻게 표현해야 하지?' 하며 막힐 때가 있어요. 머릿속으론 알겠는데 쓰질 못하는 거죠. 그럴 때면 틈틈이 모아 놓은 소설의 문장을 뒤적여 보거나 아예 글쓰기를 멈추고 소설책 한 권을 꺼내 읽기 시작합니다. 소설가의 묘사력을 배우기 위해서요.

묘사력을 키우기 위해 소설을 자주 읽는 방법도 있지만 평소 관찰 훈련을 같이 하면 더 좋습니다. 소설의 문장에 의지하는 대신 자신이 소설가라고 가정하고 묘사 능력을 키워 보는 거죠. 제가 하는 훈련 가운데 하나는 공간 혹은 장소를 보이는 대로 쓰는 것입니다. 가급적 좁고 복잡한 공간을 화가의 시선으로 바라본다고 가정합니다. 독특한 공간도 좋지만 지극히 평범한 장소를 선택하는 게 때론 더 도움이 돼요.

방법은 간단합니다. 내 눈앞의 공간을 휴대전화 카메라로 찍는 거예요. 그런 다음 한가할 때(저는 예전에 회사에서 졸음이 쏟아질 때 이 훈련을 했답니다) 사진을 보면서 보이는 대로 씁니다. 별로 어렵지 않죠? 사물의 색이나 질감을 나타내는 표현도 찾아 써 보고 공간의 온도, 습도 같은 것도 적어 보세요. 단순히 '그때 온도가 25도였다'라고 쓰는 게 아니라 온도가 25도일 때의 분위기를 적는 거죠. '온도가 느껴지지 않는 바람이 분다', '공기가 미지근하다'처럼요. 제가 이 과제를 내면 가끔 사진을 보면서 개인적인 느낌을 추상적으로 쓰는 분도 있어요. 그게 틀린 건 아니지만 이 훈련은 객관적인 시선으로 쓰는 게 중요하기 때문에 주관적인 느낌보다는 객관적인 사실에 집중해서 쓰는 것이 좋습니다.

눈앞에 보이는 이 모기장은 모기를 막기 위한 것일까, 나를 가둔 것일까. 이 작고 네모난 모기장 같은 세상에 갇히지 않기 위해 오늘도 힘을 내 본다.

위 예시는 글쓴이가 창문의 방충망을 들여다보며 쓴 문장이에요. 한데 묘사를 집중적으로 연습할 땐 보이는 그대로를 쓰는 게 낫습니다. 가령 방충망 주변으로 먼지가 얼마나 꼈는지, 방충망에 찢어진 부분은 없는지, 찢어졌다면 얼마나(몇 센티미터) 찢어졌는지, 방충망 재질은 무엇인지, 얼마나 촘촘한지에 대해 쓰는 거죠. 말 그대로 눈에 보이는 걸 써 주는 겁니다. 예시에서는 모기장을 감옥으로 형상화했어요. 그건 묘사하기 단계에서는 불필요한 요소입니다. 이건 딴 얘긴데, 권남희 작가의 『혼자여서 좋은 직업』을 읽던 중 어느 일본 소설가가 모기장을 "방 안의 방 같은 부드러운 감옥"이라고 썼다는 걸 알게 됐어요. 그 문장을 보며 이런 추측을 했죠. 가까이 봐야 잘 보이는 촘촘한 격자무늬를 보며 갇혔다는 느낌을 받았지만 그것은 우리를 보호해 주는 창살 같은 존재이니 '부드러운 감옥'이라고 하지 않았을까? 더불어 저 또한 그 표현에 공감했고요. 묘사의 단계를 거쳐 문학적인 표현으로 완성된 거죠. 관찰하고 묘사하는 단계에서는 일단 보이는 대로 적어 보는 연습을 하고 다음 단계에선 이를 문학적으로, 나만의 표현으로 해석까지 해 보면 더할 나위 없이 좋을 것 같습니다.

이 훈련을 잘 해 놓으면 은유나 비유를 쓰는 데도 도움이 됩니다. 가령 '생생하다'라고만 쓸 게 아니라 '어제부터 내 작은 침대 가장자리에 놓여 있는 스티로폼 커피 컵처럼 생생하다'(『소크라테스 익스프레스』)라고 써 주면 침대 가장자리가 머릿속에 그려집니다. 스티로폼 컵이 손에 잡힐 것만 같죠. 이런 표현은 구체적으로 쓰는 경우에 효과적입니다. 4장의 '선명하게, 구체적으로 쓰기'에서도 이야기하겠지만 이런 문장은 소비자로 하여금 많은 생각을 하지 않게 합니다. 대신 느끼게 하죠. 게다가 소비자의 재빠른 행동을 끌어내는 데까지 나아가죠. 이때 행동이란 구매, 회원 가입, 댓글 달기 등을 말합니다.

그 밖에 아이들에게 자주 설명하는 방법도 있습니다. 어려운 말로 띄엄띄엄 말하면 아이들은 이해하지 못합니다. 눈에 보이듯이 이야기해야 고개를 끄덕입니다. 그러지 않으면 지겹도록 "왜요?" "모르겠는데요?"라는 말을 듣게 됩니다. 저도 아이를 키우지만 결코 쉽지 않다는 걸 느껴요. 아이에게 설명하면서도 어휘력이 달리는 스스로에게 자괴감을 느끼며 "아, 몰라, 다음에 알려 줄게!" 할 때가 종종 있어요. 틈틈이 묘사력을 키워야 합니다. 잠시 이 페이지에 책갈피를 꽂아 두고 여러분의 시선이 닿는 곳을 있는 그대로, 보이는 대로 써 보세요.

10
{ 응용력 키우기 }

소설을 비롯해 여러 장르의 책을 읽으며 문장을 수집하는 가장 큰 이유는 간접경험을 넓히기 위해서라고 했습니다. 독자마다 책을 읽는 이유가 다를 텐데요, 특히 저는 공감을 즐기려고 읽습니다. 간혹 소설을 읽지 않는 사람들은 현실의 이야기를 군이 책으로 반복해서 알 필요가 있느냐고 되묻습니다. 물론 소설이 현실만을 이야기하진 않지요. 상상력이 풍부한 책은 아직 일어나지 않은 일을 이야기하기도 합니다. 제 경우를 말씀드리자면, 저는 있을 법한 이야기를 읽는 걸 좋아해요. 내가 혹은 내 주변 사람이 겪을 법한 사건을 그린 소설을 찾습니다. 바로 공감하기 위해서요. 현실의 이야기를 문장으로 접했을 때의 쾌감이 있더라고요. 그런 쾌감을 주는 문장을 잘 모아 뒀다가 안 풀리는 카피를 써야 할 때 응용하곤 합니다. 이게 바로 '소설로 카피 쓰기'입니다.

현재 저는 사십 대 여성입니다. 육십 대 남성이 타깃인 제품이나 서비스를 판매하는 카피를 써야 한다면 난감할 수밖에 없죠. 겪어 보지 못했으니까요. 이럴 때 가장 좋은 방법은 주변에 육십 대 남성이 있을 경우 직접 그의 이야기를 들어 보는 것입니다. 그게 어렵다면 저는 읽은 책 혹은 알고 있는 책 가운데 육십 대 남성이 등장하는 소설을 생각해 낼 거예요. 김혜진 작가의 『9번의 일』은 통신회사 설치기사로 26년 동안 일한 끝에 퇴직을 권유받은 평범한 중년 남성의 이야기인데요. 주인공의 평범한 삶을 그린 문장을 접하며 간접적으로나마 그 삶을 알아 갈 수 있습니다. 소설에 등장하는 이들의 말투라든지, 대화에 자주 등장하는 단어를 통해서도요. 가령 우리보다 윗세대인 어머니나 아버지 세대에서는 상대방의 이야기를 반복하면서 자기가 이야기할 시간을 버는 말 습관을 더러 발견할 수 있습니다. 그걸 다음과 같은 문장에서 다시금 확인하게 되지요.

— 글쎄요. 아마 40년이 다 되어 갈 겁니다. 가만 보자. 선

생님이 여기 이발하러 처음 오셨을 때가 거의 10년 전
이지요. 아니. 15년이 되었나. 아니네요. 거의 20년이
다 돼 가네요.

— 20년요. 벌써 그렇게 됐나요. 그렇네요.
   그는 이발사의 말을 곱씹듯 중얼거렸다.

— 시간이야 금방 가니까요.

— 그렇지요. 시간이야 금방 가지요.
   이번에도 그는 이발사의 말을 흉내 내듯 따라 했다.
   — 김혜진, 『9번의 일』(한겨레출판, 2019)

만일 카피라이터가 이십 대 비혼 여성이라면 사십
대 기혼 여성의 육아 현실을 잘 모를 수 있습니다. 그럴
땐 서유미 작가의 『우리가 잃어버린 것』을 읽어 보면
도움 될 만한 실마리를 찾을 수 있을 겁니다.

아이가 혼자 그림책을 보거나 인형이나 블록을 갖고
노는 동안 경주는 완전히 혼자는 아니지만 말하지 않
아도 되고 가만히 있어도 되는 상태에 머물 수 있었다.
   — 서유미, 『우리가 잃어버린 것』(현대문학, 2020)

실제 카피라이팅에서는 소설의 문장 자체를 카피

에 응용하는 경우보다는 분위기나 상황, 인물의 심리 상태 등을 활용하는 경우가 더 많아요. 가령 위 문장을 활용해 '아이와 함께 있지만 혼자가 되는 시간'에 제안하면 좋을 제품이나 서비스를 노출할 수 있겠죠. 빠듯하게 좁힌 타깃에 정확하게 꽂히는 카피를 쓰려면 그들의 생활에 깊숙이 들어가야 하는데, 이런 문장이야말로 이른바 '찐 공감'으로 이어질 수 있는 거죠. 그럴 때 주타깃은 '내 이야기를 하고 있잖아?'라고 생각하며 해당 제품이나 서비스를 더 주의 깊게 볼 것입니다.

자, 그러면 더 진도를 나가 볼까요? 가령 3040 여성에게 전자책을 판매한다고 가정하고 『우리가 잃어버린 것』의 문장을 활용해 카피를 써 보려고 합니다.

상황
아이가 거실 한쪽에서 블록을 가지고 놀며 집중하고 있다. 엄마는 곁에 놓인 소파에 앉아 사이드 테이블 위의 전자책을 집어 든다.

카피
아이와 함께 있지만 혼자인 지금이
○○○을 읽을 굿 타이밍!

아이가 놀이에 집중할 때

엄마는 20분 독서로 충전합니다.

책 읽을 시간이 부족할 수 있지만 틈새 독서로 다양한 상황을 그린 문장을 수집해 보세요. 카피라이터는 고객을 이해하고 고객이 느끼는 문제점을 찾아내야 합니다. 타인이 되어 보지 않고는 불가능하겠죠. 타인이 되는 가장 손쉬운 방법은 책을 읽는 것입니다.

11

자료 만들고 정리하기

시작은 회사에서 고객에게 송출하는 앱 푸시 문안이었습니다. 29CM에서 일할 당시 '앱 푸시를 수시로 발송하는데 테마를 잡고 주제를 분류하여 상황에 적절하게 보내는 게 좋겠다'는 결론이 나왔지요. 이어 팀장님과 회의하던 도중 엑셀 파일에 문안을 정리하면 어떨까 하는 아이디어가 떠올랐어요. 앱 푸시는 길게 넣을 수 없어서 짧은 문장을 주로 쓰니, 한눈에 보기 쉬운 엑셀을 활용하기로 한 거죠. 회사 모토가 '다르게'였기 때문에 앱 푸시에도 고객이 반드시 읽고 싶은 내용, 다른 사이트에선 잘 쓰지 않지만 공감할 수 있는 내용을 담기로 했어요. 보통 앱 푸시는 광고가 많지만 그럼에도 도움이 되는 이야기, 내 얘기처럼 들리는 이야기가 포함된다면 소비자가 알림을 켜 놓고 우리 앱 푸시를 받아 보지 않을까 생각했죠.

날마다, 하루에도 몇 차례씩 발송되는 앱 푸시는 날씨 이야기로 운을 떼는 경우가 다반사입니다. 사람들이 공통적으로 관심을 기울이는 주제가 날씨, 음식, 장소니까요. 단 미리 생각해 놓지 않으면 여름엔 '덥다', 겨울엔 '춥다', 봄엔 '따스하다', 가을엔 '쌀쌀하다'는 식으로 크게 뭉뚱그린 내용, 뻔한 스토리를 내보내게 돼요. 또 더울 땐 '냉면', 추울 땐 '따뜻한 국물' 같은 음식을 언급하며 인사말을 쓰게 되죠. 그런데 이것도 하루 이틀이지 매번 어떻게 이런 내용만 넣나요? 앱을 열어 보고 싶게 하려면 좀 다른 카피가 필요했어요. 그래서 저는 엑셀 파일에 수시로 문안을 정리하기 시작했습니다.

이런 정리를 시작한 2017년은 미세먼지가 극성을 부려 미세먼지를 경고하는 재난문자가 자주 오던 해였어요. 저는 매일 받은 문자들을 미세먼지 농도에 따라 분류하는 데서 시작해 일기예보에서 불쾌지수, 자외선지수를 전하는 문구들을 정리했습니다. 문안을 넣을 때는 정해진 답이 없기 때문에 미세먼지 농도에 따른 내 기분을 기준으로 사람들이 공감할 만한 문구를 써 보기도 했어요. 날씨도 월별로 나눠 정리했는데 단순히 봄, 여름, 가을, 겨울이 아니라 초봄, 늦봄, 초여름, 늦여름 이런 식으로 좀 더 세세하게 나눴고요. 가령 여름 중에서도 장마철에는 "빗속 매미 울음소리 참 그럴싸하네요"라고 쓴다면 초여름에는 "창을 열면 미지근한 바람이 붑니다"라고 쓰는 거죠. 이렇듯 미묘한 차이가 공감대를 형성합니다. 대충 쓴다는 느낌이 들지 않도록 하는 게 중요했어요. '이 작은 메시지도 여러분에게 도움이 되고 싶어서 마음 담아 보내고 있어요' 하는 느낌을 주기 위해서요. 실제로 작업을 그렇게 하기도 했고요. 제가 모아 둔 것 가운데 몇 가지만 예로 들어 볼게요.

시간대별

오후 6 - 8시

— 하루가 참 길다, 그쵸? 그만큼 당신에겐 어마어마한 빛이 뿜어져 나왔다는 거 알아요?

— 해가 공기를 붉게 물들이고 있네요. 한잔 생각나는 저녁인가요?

오후 9 - 12시

— 고소한 식빵 냄새, 반가운 그에게서 온 문자, 편한 운동

화로 걸었던 산책. 오늘 밤만큼은 좋아하는 거 떠올리
며 잠자리에 들어요.

— 집에 들어가면 익숙한 공기가 당신을 맞이하겠죠? 그
럼 좀 편안해질지도 몰라요.

요일별

월요일 벌떡 일어나지는 월요일은 영영 오지 않는 걸
까요?

화요일 일주일 중 가장 무의미하게 지나가는 요일이
화요일일지 몰라요. 좀 챙겨 주세요.

일요일 좀처럼 밖에 나가기 싫은 일요일이죠? 일요일
을 어떻게 보내느냐에 따라 돌아오는 일주일이 달라질
지 몰라요. 더 쉬는 것도 나쁘지 않아요.

그런 다음 다른 주제로 시간대별, 요일별, (고객)
방문 횟수, 기념일, 특정 시즌을 나눠 정리했습니다. 그
리고 날씨나 음식 얘기만 할 순 없으니 인간관계나 감정
에 대한 명언, 음악·영화·책에 대한 정보도 분류해서
적었어요. 이렇게 분류한 다음, 책이나 여러 매체에서
관련 문구를 발견하면 해당되는 칸에 수시로 적어 놓았
습니다.

별거 아닌 말들이지만 막상 생각하려면 잘 안 떠오를 수 있어요. 이렇게 엑셀 파일이나 워드 파일 등에 자료를 차곡차곡 정리해 놓으면 갑자기 들어오는 일에 당황하지 않습니다. 그러자면 평소에 꾸준히 밑작업을 해 놓아야겠죠. 조금만 방심하다가는 금세 빈 공간이 많이 생겨요. 수시로 채워 놓으면 그만큼 내가 든든해지는 셈이니 게을리하지 않아야 합니다.

소설이나 에세이에도 날씨 묘사가 자주 나옵니다. 온전히 날씨에 대해 이야기해 주는 정보 서적도 있고요. 이런 책을 통해 '찬바람 불기 시작하면 편의점에서 스타킹이 잘 나간다', '비 오는 날에는 샌드위치보다 피자빵이 잘 팔린다'는 통계도 알게 되었죠. 날씨에 대한 책을 찾아보지 않았다면 몰랐을 내용입니다. 소상공인을 대상으로 카피 수업을 한 적이 있는데 수강생 가운데 빵집을 운영하는 분도 있었거든요. 그분에게 이 이야기를 했더니 꼭 활용해 보겠다며 기뻐하더라고요. 비 오는 날 가게 앞 작은 입간판에 피자빵을 홍보하는 내용이나 이미지를 붙여 놓으면 빵집 앞을 오가는 손님들에게 가닿을 수 있겠죠. '이상하게 피자빵이 당기는 걸 어떻게 알았지?' 하며 신기해할 수도 있어요. 저 또한 제품이나 서비스를 팔기 위해 카피를 쓰기 때문에 이런 자료는 매우 중요한 글감이 됩니다. 어디선가 보고 들은 정보를 내 것으로 만들어 놔야 합니다.

자료가 매번 정답을 알려 주진 않아도 길잡이는 될 수 있어요. 그다음부터는 응용해 보는 거죠. 연관성을 계속 찾아내야 합니다. 온라인 사이트에서는 비 오거나 우중충한 날 집에서 피자빵을 만들 수 있는 도구가 될 만한 것들을 노출해 주는 거죠. 소비자들은 자신이 느끼는 바를 어디선가 언급해 줄 때 자기 얘기라 생각하고 더 관심 있게 봅니다. 사람들은 나와 관련 없다고 여기면 집중하지 않아요. 어떻게든 소비자가 '여기서 내 얘기를 하고 있구나, 내 고민을 말하고 있구나' 하고 느끼게 해야겠죠.

자, 여러분에게는 어떤 주제로 된 자료 수집이 필요한가요? 큰 테마를 잡았다면 소주제를 나눠 오늘부터라도 틈틈이 정리해 보세요. 언젠가 그 자료들이 빛을 발할 날이 올 거예요.

IV

카피를 쓰기 위한 기본기 다지기

: 카피 직접 쓰기 ☞ 연습

○

3장이 평소 어떤 식으로 준비를 해야 하는지에 관한 이야기였다면, 4장에서는 실제로 카피를 쓸 때 필요한 방법들을 소개하려고 합니다. 콕 집어 말하자면 '순발력'에 관한 이야기일 수도 있습니다. 그날그날 미션처럼 주어지는 카피라이팅 과제를 당황하지 않고 풀어내는 방법은 그때그때 어떤 센스를 발휘하느냐에 따라 달라집니다. 여기서는 제가 실무에서 세일즈 카피를 쓸 때 가장 쓸모 있었고 효과적이었던 방법 다섯 가지를 다뤄 볼까 합니다.

사실 단 한 번이라도 카피에 대한 긍정적인 반응과 명쾌한 효과를 맛보고 나면 어떤 방법이든 자연스레 체득하게 됩니다. 저도 처음엔 매뉴얼처럼 적어 놓고 하나씩 대입하며 카피를 썼지만, 나중엔 '이런 카피가 필요할 땐 그 방법이 좋겠다'라는 식으로 빠르게 판단이 서더라고요. 앞서 말한 순발력이 생긴 거죠. 이 장에서 소개할 다섯 가지 방법을 매번 카피를 쓸 때마다 적용하긴 어려울 테지만 '이번 카피에서는 구체적으로 쓰는 걸 놓치지 않겠다'라든가, '멋진 비틀기를 제대로 보여 주겠다'라는 식으로 어느 한 가지만 잘 활용해도 원하는 세일즈 카피가 나오지 않을까 싶습니다.

더불어 여기서 말하는 방법 외에 스스로 카피를 쓰다가 깨닫게 되는 노하우도 있기 마련입니다. 곧이어 이야기하겠지만, 제가 '이 물건의 용도는 하나일까?' 하고 의심하기를 터득했던 것처럼요. 자기만의 노하우가 생기면, 든든한 지원군을 얻은 듯 카피라이팅에 대한 부담이 한결 줄어듭니다. 결과물까지 갈 수 있는 지름길이 하나 더 마련된 거니까요. 그리고 그 길은 남들은 모르는, 나만 아는 길일 겁니다.

12
{ 아는 것을 의심하기 }

고정관념에 갇혀 제품을 팔 때가 있습니다. 물론 제품에는 정해진 용도라는 게 있지만, 가끔은 내가 이 물건을 실제로 어떻게 사용했는지 떠올려 볼 필요가 있어요. 세일즈 카피를 쓸 때는 소비자들이 경험할 다양한 상황을 그려 봐야 한다는 거죠.

저의 경험담을 이야기해 볼까요? 저는 한겨울에도 핸디 선풍기를 팔았습니다. 핸디 선풍기야말로 반드시 여름에만 쓸 거란 고정관념이 확고한 제품이죠. 지금 이 글을 쓰는 시점이 5월 말인데, 며칠 전 홈쇼핑에서 벌써 목에 걸어 사용하는 선풍기를 팔더라고요. 저도 한참을 살지 말지 고민했는데요. 아무튼 핸디 선풍기를 여름이 아닌 겨울에도 팔 수 있다고 하면 좀 의아할 거예요.

예전에 제가 다니던 회사의 온라인 숍 메인 화면에는 카피라이터가 발견한 숨어 있는 상품을 보여주는 코너가 있었어요. 그때가 겨울이었는데, 저는 사람들에게 잊힌 핸디 선풍기를 끄집어내 메인에 걸었습니다. 어떤 용도로 팔았을까요? 추운 겨울이었으니 사람을 시원하게 해 주는 용도는 아니었습니다.

제 아들이 그때 세 살이었는데, 지금도 그렇지만 뜨거운 음식을 먹지 못했습니다. 뭐, 대부분의 아이들이 살짝만 뜨거워도 잘 먹지 못하죠. 저희 아들은 조금만 뜨거워도 뱉어 냈어요. 밥을 먹이는 것보다 식히는 게 더 일이었습니다. 아이에게 밥을 먹이려면 늘 곁에 핸디 선풍기를 두어야 했어요. 주말에 외식할 때도 가방 속엔 늘 사계절 내내 선풍기가 들어 있었습니다. 갓 조리된 음식을 빠르게 식히는 도구로 핸디 선풍기만큼 편한 게 없죠. 후후 불어서 식혀 주다간 양육자 폐활량에 문제가 생깁니다. 손부채질 하다간 가뜩이나 안 좋은 손목이 더 쑤셔요. 그런데 핸디 선풍기라면 간단하게 음식을 식힐 수 있죠.

저는 이런 경험에 근거한 카피를 쓰면 저와 비슷한

입장에 있는 양육자들이 공감할 거라고 생각했어요. 얼마 전 강연에서 이 얘기를 하며 "어떤 용도로 팔았을까요?" 질문했는데 자녀가 없는 여성분이 정답을 맞혔어요. 제가 깜짝 놀라서 어떻게 알았느냐고 물었더니 조카에게 자주 밥을 먹여 봐서 안다는 답이 돌아왔어요. 크게 공감하는 그분을 보며 저 또한 내적 동지애를 느꼈습니다. 그러니까 선풍기를 더위를 해소하는 물건으로만 볼 게 아닌 거죠. 카피를 통해 실생활에서 선풍기가 어떻게 사용되는지를 말할 때 누군가는 공감하며 클릭하겠죠. 물론 '이런 식으로 카피를 써도 될까?', '이건 나만 그런 거 아닐까?'라는 의문이 들 거예요. 하지만 여러분의 작은 경험을 그냥 흘려보내지 마세요. 누군가는 그 소소한 경험에 공감하니까요. 사람들이 모두 말하는 걸 또 말하기보다 사소해서 건드리지 않던 부분을 말할 때 내적 친밀감이 생기기도 하고요.

영화 『기생충』 보셨나요? 영화만큼 유명해진 통역사 샤론 최가 『유 퀴즈 온 더 블럭』이란 TV 프로그램에 나와 이런 말을 했어요. 내가 느낀 걸 누군가는 공감할 것이다,라는 생각으로 영화를 만들고 있다고요. (그는 전문 통역사가 아닌 영화감독 지망생이에요.) 제가 강연할 때 빼놓지 않고 하는 말이라 물개박수를 쳤습니다. '아, 이거 나만 느끼는 감정 아닐까?' 싶은 것을 콘텐츠로 만들면 누군가는 반드시 반응하게 돼 있답니다. 빈도보다 밀도를 챙겨야 해요. 사람들이 깊이 공감하는 콘텐츠는 일상에서 나옵니다.

자, 여기 아주 널찍하고 편하게 생긴 소파가 있습니다. 이 소파를 판매할 땐 어떤 점을 드러낼까요? 물론 디자인이나 소재, 기능을 어필하겠죠. 그런데 상품 소개 페이지를 이런 내용으로 꽉 채우기보다 사람들이 무릎을 탁 치며 공감할 내용으로 일부를 꾸미면 어떨까요? 가령 소파를 '당신의 임시 침대'라고 말하는 겁니다. 실제로 우리는 소파에 자주 눕죠. 소파는 앉는 용도가 아니라 눕는 용도로 만들어진 게 아닐까 싶을 만큼 앉았다 하면 바로 눕습니다. 왜 그럴까요? 부담이 없어서겠죠. 진짜 눕는 용도를 가진 침대에 대해서는 눕기 전에 씻고 옷도 갈아입어야 할 것 같은 부담감이 있지만, 소파는 그냥 누워도 아무도 뭐라고 안 하잖아요. 그래서 우리는 소파를 임시 침대처럼 쓰고 있을지도 모릅니다. 저는 어느 소설에서 주인공이 소파를 '임시 침대'라고 한 부분을 보고 '이거다!' 싶어 메모해 두었다가 실제 카피에 응용해 보았어요. 최근 가구 브랜드 '까사미아'에서도 이와 비슷한 내용으로 광고를 만들었습니다. "요즘 누가 소파를 앉으려고 사? 누우려고 사지!"

곰곰이 짚어 보면 우리 주변에 이런 제품이 아주 흔할 거예요. 실제로 그 물건을 어떻게 사용하는지, 당신이 쓰고 있는 그 용도로 말해 줄 때 소비자의 마음이 움직입니다.

13

{ 선명하게, 구체적으로 쓰기 }

얼마 전 아이와 함께 마트에 갔어요. 마트에 들어서면
아이는 먹고 싶은 것을 고르려고 과자 코너로 직행하고
저는 장바구니를 든 채 반찬거리가 있는 쪽으로 향합니
다. 아주 자연스럽게요. 제가 콩나물, 두부, 소시지 등
을 바구니에 담는데, 사고 싶은 것을 다 고른 아이도 과
자 하나를 넣으며 이렇게 말했어요. "엄마, 떡볶이 먹고
싶어."

　얼마나 먹고 싶었는지 까먹기 전에 말하려는 게 느
껴졌습니다. 저는 알았다고 말하고 냉장 코너에서 반조
리 떡볶이를 골라 보기로 했죠. 이때 제가 떡볶이를 고
른 기준은 단 하나, 아이가 먹을 거니까 맵지 않아야 한

다는 거였습니다. 냉장 코너를 두리번거리는데 제 마음을 읽은 듯한 제품이 딱 보였어요. "순한 맛으로 아이 간식으로도 좋은 ○○떡볶이". 저는 장바구니에 그 떡볶이를 두 봉지 담았습니다. 더 따져 볼 필요도 없었죠. 제가 원하는 바를 구체적으로 써 준 카피였으니까요.

자, 이렇듯 선명하게, 구체적으로 타깃을 향해 정확히 이야기하는 카피는 고객이 고민할 시간을 덜어 줍니다. 많은 생각을 할 필요가 없지요. 제가 떡볶이 봉지에 적힌 구체적인 카피 때문에 뒤도 안 돌아보고 제품을 장바구니에 담은 것처럼요. 오늘 저녁 마트에 가 보면 이런 카피가 적힌 제품을 적잖이 만날 수 있을 거예요. '계란에 부쳐 먹으면 더 맛있는' 동그랑땡, '쉽게 에어프라이어에 구워 먹는' 치킨윙, '찬물에 잘 녹는' 세탁세제……. 장 보는 시간을 단축해 주는 것은 물론, 찾던 제품을 정확히 골라 집었다는 쾌감까지 주죠.

요즘은 SNS 광고도 유심히 봅니다. 최근에 본 디퓨저 광고 문구는 선명하고 구체적이다 못해 제가 그 글을 쓴 사람 곁에 있는 듯한 느낌까지 주었어요. "꽃다발 받아 집에서 꽃병에 꽂으려고 가위로 줄기 자르면 나는 향이에요." 향을 설명하기란 정말 쉽지 않습니다. 섬세하게 접근할 수밖에 없어요. 이 문구는 구매자가 후기로 남긴 것을 아예 카피처럼 이용한 사례였습니다. 저 한 줄만으로 이미 그 향을 맡은 듯한 기분이 들지 않나요? 꽃다발을 받아 꽃병에 꽂을 때의 향이 아니라 '꽃병에 꽂기 위해 줄기를 자를 때' 맡아지는 향이래요. 정말 구체적이지 않나요? 두루뭉술하게 급히 쓸 바에야 말이 조금 길어지더라도 감각이 정확히 전달되는 문장을 쓰는 습관을 들여야 합니다.

　선명하고 정확한 카피를 쓸 때 가급적 배제해야 할 단어가 있습니다. 바로 '지금', '요즘', '이제' 같은 단어입니다. 여러 온오프라인 판매처에서 시의성 있는 제품을 바로바로 노출할 때 '지금 필요한 주얼리', '요즘 입어야 할 재킷', '지금 마셔야 할 커피' 같은 카피를 씁니다. 그런데 이런 말을 가끔 한두 번 활용하는 정도가 아니라 지속적으로 노출할 때는 문제가 됩니다. '지금'이라고 말한 시기가 지나서 그 카피를 보게 될 때도 고려해야 하니까요. '지금'이나 '요즘', '여기' 같은 단어를 쓰고 싶다면 지금이 어느 때인지, 요즘이 언제를 말하는 것인지 선명하게 써 보세요. 가령 '지금 필요한 주얼리' 대신에 '청바지에 흰 티셔츠 입은 날 어울리는 주얼리'라고, '요즘 필요한 재킷' 대신에 '아침저녁 선선할 때 입기 좋은 재킷'이라고 쓰는 거죠. 이런 식으로 타이틀이 붙으면 '지금'이 지나도 유용하게 쓰일 카피가 되는 것입니다. '지금', '요즘'이란 말에 의존하지 말고 구체적인 상황을 적어 보는 연습을 하세요. 너무 구구절절 길어지지 않게 핵심만 드러내는 방법도 찾아보고요.

지난 4월 어느 주말, 메일함을 여는데 어느 기업에서 보낸 쇼핑 메일이 도착해 있었어요. 제목이 '지금 날씨에 딱! 맞는 스타일 추천, 아우터부터 이너까지!'였어요. 그런데 그날 비가 엄청 많이 왔거든요. (강수량이 56.2밀리미터였어요. 제가 이 사례를 나중에 이야기하려고 기상청 사이트에 들어가 그날 강수량까지 캡처해 놓았답니다.) 물론 제목을 쓴 사람은 4월의 평균 기온을 염두에 두고 썼을 테지만, 평균치를 계산해서 쓰기보단 비나 눈이 오는 날씨까지 고려할 수 있어야 해요. 그러면 '지금 날씨에 딱! 맞는'이라고 하는 것보다 그 옷을 입을 상황이나 그 옷이 필요한 경우를 들어 말하는 게 더 낫겠죠?

제가 챙겨 보는 메일 중 하나가 '매치스패션'이라는 패션 브랜드에서 보내는 메일이에요. 여기 메일 제목을 보면 "작은 액세서리 하나로 커다란 임팩트를 주세요" "올가을엔 움직임이 편한 룩으로 마음까지 편안하게" "운동 시간이 기다려지는 액티브웨어"처럼 고객이 언제 이 메일을 열어 봐도 어색하지 않을 카피가 붙어 있어요. 시기에 영향을 받지 않으면서도 구체적입니다. 관련 업무를 한다면 타 브랜드의 사례도 꼼꼼히 챙겨 보고 참고해도 되겠죠. 그러다가 우리 브랜드에 딱 맞는 카피 스타일을 찾게 되기도 하니까요. 굉장히 사소하다면 사소할 수 있는 메일 제목이지만 이런 것까지 세심하게 챙길 때 브랜드 충성도는 높아집니다.

　제가 찾은 사소한 팁을 하나 알려 드리자면, 구체적인 상황을 표현한 문장이 유튜브에 많더라고요. 저는 유튜브를 잘 안 보지만 책방에 잔잔한 음악을 틀어 놓으려고 이용하는 경우가 있어요. 처음엔 '책 읽을 때 듣기 좋은 음악'을 검색해서 들었는데 플레이리스트의 제목들이 제법 구체적이었어요. "아무것도 하기 싫을 때 듣는 기타 연주곡" "초저녁 동네 산책할 때 듣기 좋은 가사 없는 음악" "여름이 끝나는 게 아쉬울 때 듣는 연주곡" "월요병을 치유해 줄 내적 댄스 음악" "점심 식사 후 사무실에 들어와서 일 시작하기 전에 듣는 음악"처럼 말이죠. 이런 문구들은 어떤 상황에 읽으면 좋을 책 같은 추천 리스트를 작성할 때에도 도움이 될 수 있어요. '싹 정리하고 홀가분해지고 싶단 생각이 들 때 읽어 보면 좋을 책' '사람 많은 지하철에서도 몰입이 잘되는 소설' 같은 식으로요. 이미 많은 사람들이 구체적인 상황에 몰두하고 있어요. 크게 나누지 마세요.

사람들은 구체적인 제안에 움직인다고 해요. 카피가 무엇을 말하는지 애매하게 느껴질 땐 구매로 나아갈 확률이 낮습니다. 고객을 행동으로 이끌려면, 다시 말해 상품을 구입하고 댓글을 달고 회원 가입을 하게끔 유도하려면 선명하고 정확하게 '당신이 찾는 것은 이것이죠?'라고 말해 줘야 합니다. 인명 구조 상황을 예로 들어 볼게요. 위험한 상황이 닥쳐 도움을 요청할 때 단순히 '여기 좀 도와주세요!'라고 외치면 주변에 있는 사람들은 자신에게 하는 말이라고 생각하지 않아 쉽사리 움직이질 않는다고 해요. 그럴 땐 정확히 내가 본 사람을 지목해야 하는 거죠. '거기 노란색 티셔츠 입으신 분이 119에 신고해 주세요!'라고요. 사람들은 자기 얘기라고 믿어야 행동합니다.

오늘부터라도 구체적으로 적는 연습을 해 보세요. 소나기가 내릴 때 우산을 판다면 '지금 필요한 우산'이 아니라 '비가 그쳐도 가방에 쏙 넣을 수 있는 삼단 우산'이라고 적어야 비가 그친 뒤에도 내게 유용할 거란 생각에 그 우산을 선택하기가 더 쉽죠. 자, 당분간 '지금', '요즘', '당장' 같은 단어를 뺀 다음 거기에 들어갈 선명한

표현을 적어 보세요. 2장의 '관찰하기' 부분이 많은 도
움이 될 거예요.

14
평소 하는 말로 쓰기

퇴사 후 책방을 연 지 얼마 안 돼 강연 제안을 받았습니다. 이름만 대면 알 만한 대기업이었어요. 사실 저는 그 회사가 그렇게 큰 줄 몰랐지만요. 보통 이렇게 모르는 회사의 일이 들어오면 남편에게 여기가 어떤 회사인지 묻곤 하는데, 남편이 검색을 해 보더니 아주 큰 회사라고 하더라고요. 회사가 크든 작든 강연 내용은 달라질 게 없으니 수락했습니다. 그리고 강연 당일 커다란 연회장 비슷한 곳에 모인 직원들 뒤로 흰머리에 연세가 지긋한 분이 앉아서 강연을 들었는데, 나중에 알고 보니 그 회사 회장님이었어요. 회장님이 듣고 있다고 해서 더 떨리는 건 아닙니다. 이건 다른 얘기지만 강연은 정말 반복의 힘이 크더군요. 같은 내용을 수십 번 반복하니 털끝만큼도 떨리지 않았어요. 강연 초창기에는 청심환을 먹어야 그나마 안심이 됐는데 말이죠. 그런데 바로 다음 날 담당자가 전화로 한 가지 제안을 해 왔습니다. 강연을 듣고 보니 카피라이팅 역량이 직원들에게 더더욱 필요하다는 걸 깨달았다며, 일회성 강연으론 직원 능력 향상에 도움이 되긴 미흡하니 장기 계약을 해서 매달 일대일로 텍스트 코칭을 해 달라는 거였어요. 그리고 이 제안은 그날 강연을 함께 들었던 회장님의 아이디어였습니다.

코칭 대상은 화장품을 만드는 연구원들이었어요. 이과 출신이 많아서인지 문서 혹은 발표 자료가 늘 딱딱하고 어려운 말로 가득해 그걸 쉽게, 우리가 평소 쓰는 말로 바꾸는 일이 코칭의 핵심이었습니다. 하루 정도 고민한 뒤 제안을 받아들이고서 저는 직원들의 문서 코칭과 더불어 해당 발표 자료에 핵심이 될 만한 카피를 하나씩 제안하겠다고 했어요. 제품의 장점을 빨리 어필하기에 한 줄 카피만 한 게 없으니까요. 당시 6개월을 계약했는데 이후 한 번 더 계약을 연장해 이 글을 쓰는 현재까지 코칭을 진행 중입니다. 여기서는 메이크업 제품 카피의 간단한 수정 예시를 보여 드릴게요.

수정 전

눈가에 도포 시 최소한의 가루 날림으로 밀착력이 우수하고 얼룩 없이 은은한 블렌딩이 가능하여 자연스러운 데일리 메이크업 완성!

수정 후

눈가에 발랐을 때 가루 날림이나 뭉침이 없어 은은하게 섞이는 자연스러운 데일리 메이크업 완성!

연구원들의 문서라는 특수성이 있긴 하나 우리가 평소 아이섀도를 '눈가에 도포한다'고 하진 않죠. 그냥 '발랐다'라고 쓰는 게 이해도 더 잘 되고 가독성도 좋습니다. 섀도를 섞어 바르는 걸 표현하는 '블렌딩'이란 말도 일상에서 쓰이는 말로 고쳤어요. 아마 '별거 아닌 수정인데?'라고 느껴질 수도 있지만, 연구원들은 이게 습관적으로 쓰는 단어들이라 부자연스러운 줄 잘 모르더라고요. 문서니까 이렇게 써야 한다는 인식이 박혀 있었는지도 모르죠. 하지만 이런 것부터 하나씩 고쳐 가야 한다고 생각해요. 굳이 어려운 말을 써서 문장을 길게 늘일 필요가 있나요?

언젠가 어느 카드회사로부터 협업 제안이 들어왔

습니다. 이 또한 카드사에서 발신하는 여러 문자 메시지를 고객이 이해하기 쉽게 보편적인 일상의 말로 고쳐 사례를 남겨 달라는 거였죠. 부서별로 실제 발송되는 문자 메시지를 수정해 완성된 문자 메시지를 사례로 가이드를 제작하고, 직원들이 수시로 그걸 보며 응용하기로 한 거예요. 전문 지식을 바탕으로 한 내용을 다뤄야 했기 때문에 쉽지 않은 과정이었지만, 제가 고객의 입장이 되어 '이런 식으로 문자가 오면 이해하기 쉬울 것 같은데?'라고 생각하며 작업했습니다.

수정 전
우편 명세서에는 개인정보가 포함되어 있습니다.
모바일 명세서로 전환하시고 5월 가정의 안녕과 평안함까지 챙겨 가세요.

수정 후
나만 보고 싶은 카드 이용 내역,
이제 안전하게 고객님의 휴대폰으로 보내 드릴게요.

개인정보가 포함돼 있다는 말보다는 내 카드 명세서는 나만 보고 싶다는 보편적인 생각을 담아 쉬운 말로 수정한 사례입니다.

　오래전부터 이어져 오는 카피 쓰기 수칙 가운데 하나가 초등학교 4학년이 이해할 수 있도록 쓰라는 건데요, 말 그대로 누구나 이해할 수 있도록 쉽게 쓰라는 얘깁니다. 그러자면 사람들이 평소에 쓰는 말을 주의 깊게 관찰할 필요가 있습니다. 고객은 자신이 쓰는 말처럼 들릴 때 집중하기 마련이거든요. '저 사람이 내 이야기를 하고 있네?', '나와 같은 생각을 갖고 있네?'라고 판단되면 주의 깊게 보는 거죠.

> 야마다 씨는 새빨간 거짓말이 아니라 일반인들의 말을 합니다. 스토리와 관계없는, 불쑥 내뱉는 대사가 좋아요. '스웨터는 맨살에 입으면 따끔따끔해' 같은 대화를 전철 안에서 듣고, 이 대사를 어떻게든 살리고 싶어서 스토리를 쓴다고 하시더군요.
> ― 오쿠다 히데오, 『버라이어티』

　소설 『버라이어티』에 나오는 구절입니다. 이 구절에서처럼 누군가 '스웨터를 맨살에 입으니 따가워' 같은 말을 듣고 가을·겨울에 입을 이너웨어의 카피를 쓴다면 '맨살에 스웨터 그냥 입으면 따갑지 않나요?'라는 멘트로 고객의 고충을 알고 해결해 주겠다는 암시를 띠는 글을 쓸 수도 있겠죠. 회사에서 카피를 쓸 당시에 저 또한 주변 사람들과 나눴던 실제 대화, 사람들의 실제 말투를 자주 응용했습니다.

한번은 친구가 29CM에서 마사지 볼을 구매했는데, 사용해 보니 참 시원하고 좋다는 얘길 저에게 했어요. "유미야, 이거 너무 시원해서 있지, 내 몸에 붙이고 다니고 싶을 정도야." 저는 친구와 나눴던 실제 카톡 메시지를 캡처해 뒀다가 나중에 그 마사지 볼을 판매할 때 활용했습니다. 타이틀은 '너무 시원해 몸에 붙이고 다니고 싶을 정도다'였어요. 얼마나 시원하면 갖고 다니는 것도 아니고 몸에 붙이고 다니고 싶다고 할까요? 이건 실제 사용해 본 사람에게서만 나올 수 있는 멘트였습니다. 그 순간 '어머, 정말?' 하며 그냥 넘기지 않고 친구의 말을 잘 메모해 뒀다가 활용한 거죠. 카피 쓰는 사람은 늘 안테나를 세워야 합니다. 평소 우리가 쓰는 말로 쉽게 쓸 때 공감은 배가됩니다.

쉽고 짧게 쓰는 것이 언뜻 더 수월해 보일지 모르지만, 막상 써 보면 그렇지 않다는 걸 알 수 있습니다. 전문 용어를 써서 그럴듯한 말로 길게 쓰는 건 오히려 쉬워요. 어린아이도 이해할 만한 쉬운 말로 이해를 돕는 게 훨씬 더 어렵다는 걸, 작업을 하면 할수록 느낍니다. 오늘부터라도 우리 엄마가 평소에 어떤 표현을 자주 쓰는지, 조카의 말에 어떤 단어가 자주 등장하는지 귀 기울여 보세요.

15

{ 단어와 단어를 낯설게 조합하기 }

『멜로가 체질』이란 드라마가 있습니다. 저는 드라마 종영 후 다시 보기로 정주행을 마쳤어요. 책에 취향이 있듯이 드라마도 그렇죠. 제가 좋아하는 드라마 종류 가운데 하나는 말이 많은 드라마입니다. 영화도 다르지 않아요. 화면이 화려해 볼거리가 많은 쪽도 나쁘진 않지만, 화면이 정적이거나 등장인물 수는 적어도 대사가 풍부한 영화를 선호해요. 어쩔 수 없이 책 읽기를 좋아하는 것과 연관이 있는 듯합니다. 『멜로가 체질』은 말이 많은 드라마입니다. 이 드라마를 보면서 메모를 참 많이 했어요. 대사가 많다 보니 밑줄 긋고 싶은 부분도 많더군요.

서두가 길었습니다. 이번에는 '낯설게 조합하기'에 대해 이야기하려 합니다. 이걸 '멋진 비틀기'라고도 불러요. 말 그대로 단어와 단어를 익숙하지 않게 짝지어 보는 것인데요. 단어가 중요하긴 하지만, 독특하고 멋진 단어를 찾아내라는 말이 아닙니다. 우리가 일상에서 자주 쓰는 평범한 단어라도 어떤 단어와 연결되느냐에 따라 낯설게 느껴질 수 있다는 거죠.

『멜로가 체질』 한 장면을 볼까요. 여자 주인공(드라마 작가)이 넋이 나간 듯 바닥에 누워 있습니다. 그 앞으로 무릎을 꿇고 몸을 낮춘 남자 주인공(감독)이 케이크와 커피가 든 쟁반과 함께 노트북을 쓱 밉니다. 그러면서 말합니다. "누워서라도 쓰세요." 감독은 작가가 원고를 써 줘야 촬영할 수 있으니, 당신이 힘든 상황인 건 알겠는데 일단 좀 써 달라는 얘기입니다. 그러자 작가가 그 노트북을 힐끗 보며 이렇게 답합니다. "참 따뜻하게 잔인하다." 감독이 '지금 당장 원고 써 주세요!'라고 말한 게 아니라 다정하게 쓰기를 재촉하니까 이거 뭐 대놓고 화도 못 내겠고, 한데 이런 상황에서 쓰라고 하니 그게 또 잔인하게 여겨지는 거죠. 여기서 '따뜻하게 잔인하다'가 멋진 비틀기입니다. 실제로 저는 아이와 있을 때 그런 감정을 느꼈습니다. 몸이 천근만근인데 아이가 같이 놀자며 로봇 장난감을 들고 와 하나를 제게 건네더군요. 그런데 제가 영 하기 싫은 티를 내자 이렇게 말합니다. "엄마는 누워서 해." 그때 제가 딱 이 심정이었어요. '녀석…… 훈훈하게 잔혹하군.'

'따뜻하다'와 '잔인하다'라는 단어는 우리에게 익숙합니다. 하지만 우리는 보통 '따뜻하다'와 '잔인하다'를 나란히 쓰지 않아요. 그런데 이렇게 붙여 놓고 보니 낯설긴 해도 무슨 뜻인지 알 듯하죠. 이런 대사가 『멜로가 체질』에는 자주 등장합니다. 멋진 비틀기가 좋은 방법이긴 하지만 막상 쓰려면 쉽지 않다는 걸 쓸 때마다 깨닫습니다. 그렇기 때문에 이런 조합이 들릴 때마다 메모를 해 두면 참고하기 좋겠죠.

다른 예를 들어 볼까요? '한여름에도 시원한 반팔 티셔츠'라는 카피가 있습니다. 어때요? 너무 평이한 단어의 조합이죠. 여름, 시원, 반팔. 이 세 단어는 여름이면 자주 만나는 단어들입니다. 그럼 이렇게 수정해 보면 어떨까요? '냉기를 처방받은 티셔츠'. 시원함을 뜻하는 단어 중에 '냉기'라는 단어가 있죠. (이럴 때 '시원하다'의 유의어를 찾아보세요.) 그런데 이 단어와 '처방하다'는 만난 적이 없을 거예요. 저는 이런 식으로 조합을 시도합니다. '바닥을 살리는 카펫'이란 카피의 서브카피에는 '깔끔하지만 어딘지 심심해 보이는 바닥을 심폐소생하는 러그'라고 썼어요. '살린다'에서 파생된 단어 '심폐소생'을 넣은 거죠. 침대를 판매하는 기획전에서는 '오로지 당신의 수면을 위해 적극적으로 만들었다'는 의미로 '적극적인 침대'라는 타이틀을 지었습니다. '요즘 유행하는 가죽 샌들'을 이야기하려 한다면 지금 많이 판매되고 있다, 다른 고객들이 많이 찾고 있다는 의미로 '현재진행형 가죽 샌들'이라고 썼지요. 이렇게 기계적으로 쓰던 단어의 자리에 낯선 표현을 넣어 보세요. 낯설게 조합하면 사람들이 잘 기억합니다. 사람들은 익숙한 건 그냥 지나치지만 뭔가 덜컹 하고 걸리게 만드는 건 다시 보고 싶어 해요. 그다음엔 참신하다고 느끼죠.

인스타그램에서 요조 작가의 신간 안내 페이지를 본 적이 있어요. 거기서 책 속에 나오는 한 줄을 카피로 활용했더군요. "아주 용감하게 겁이 나." 겁이 나는데 용감하게 겁이 난대요. 보통은 '너무 겁이 나', '무서워서 겁이 나'처럼 쓰는데, 겁난다는 말 앞에 '용감'을 붙인 거죠. 제가 이 한 줄을 보고 받은 느낌 그대로 해석하자면 겁이 나지만 그 겁이 너무 용감해서 뭐든 할 수 있을 것 같은 심정을 표현한 듯해요.

여러분은 겁이 난다는 말 앞에 어떤 단어를 붙이고

싶으세요? 상상도 못 한 단어가 앞에 올수록 전에 없던 새로운 뜻을 만들어 낼지도 모릅니다. 단어와 단어를 낯설게 조합하는 방법을 보면, 평소 단어에 얼마큼 관심을 기울이는지에 따라 그 실력 차이가 납니다. 새로운 단어를 많이 알아 두는 것도 좋지만, '용감하게 겁이 나'나 '따뜻하게 잔인하다'에서 보듯 내가 잘 쓰는 단어 가운데 함께 쓰지 않던 단어를 짝지어 주는 연습도 필요하니 꾸준히 시도해 보세요.

16

{ **단 한 명의 타깃을 생각하기** }

코로나19로 헬스장 방문이 어려워지면서 홈트(홈 트레이닝)가 트렌드로 떠올랐습니다. 저도 몇 번 시도를 했지만 스스로 운동하기란 보통 어려운 게 아니더라고요. 홈트에 관심을 갖다 보니 자연스럽게 제 SNS에는 똑똑한 알고리즘 덕분에 관련 광고가 자주 등장했습니다. 그러다가 이런 카피를 봤어요.

키 168cm 이하, 몸무게 57 - 66kg 여성 전용 홈트
실패 없는 마지막 다이어트

— '건강한친구들'

성별을 특정한 것은 물론, 키와 몸무게 범위까지 매우 좁게 한정해 놨습니다. 단순히 '여성 전용 홈트'라고만 했다면 주의 깊게 보지 않았을 거예요. 하지만 정확한 숫자를 써 주니, 보는 이가 스스로 여기에 해당되는지 체크하게 되죠. 자, 그런데 가만 보면 저 범위에 포함되는 사람들은 가장 다이어트에 민감하고 관심을 기울이며, 조금만 더 날씬해지고 싶다는 바람을 안고 있는 여성임을 알 수 있습니다. 그걸 디테일하게 숫자로 나타내 준 거죠. 이렇게 하면 타깃이 굉장히 좁아진 것처럼 느껴집니다.

- 9살부터 시작되는 꼬마 좁쌀 여드름
- 초등 4학년이 찾고 있는 마스크

모두에게 팔면 아무도 사지 않습니다. 내가 정한 타깃에게만 팔아야 사요. 타깃을 정한 다음 그 타깃에게 도움이 될 만한, 즉 그들의 고충을 해결해 줄 수 있는 이야기를 해야 누군가 듣습니다. 카피는 카피라이터가 하고 싶은 말이 아니라 고객이 듣고 싶은 말이어야 합니다. 나의 타깃이 듣고 싶은 말이 뭘까, 곰곰이 생각해 봐야 해요.

저는 음식을 잘 못하기도 하지만 늘 시간이 부족해 냉동식품을 주문해 냉동실에 쟁여 놓습니다. 집에서 만든 것처럼 맛있는 제품이 참 많더라고요. 최근 냉동 우거지국을 주문했는데 포장 용기에 이렇게 쓰여 있었어요.

3시간, 하루 식사를 준비하는 데 걸리는 평균 시간.
엄마의 귀중한 시간을 돌려 드리겠습니다.

어떤가요? 이 제품을 만든 이는 사는 사람이 엄마라는 가정 아래 엄마들이 듣고 싶어 하는 말을 해 주겠다고 생각했어요. '무슨 재료로 어떻게 만들었다'가 우선이 아니라 '당신의 시간을 절약해 주겠다'가 먼저 나왔죠. 저 같은 엄마는 냉동식품을 살 때 어쩔 수 없이 약간의 죄책감을 갖습니다. 세상이 변해서 그럴 필요 없다는 주장도 많이 나오곤 있지만 그래도 왠지 모르게 좀 찔려요. 그런데 냉동식품을 만든 사람이 저에게 이렇게 속삭입니다. 당신의 시간을 절약해 주기 위해 만들었다고. 그러니 뜨거운 불 앞에서 세 시간 땀 뻘뻘 흘리는 대신 다른 걸 하라고 말이죠. 얼마나 듣기 좋습니까? 이게 바로 내가(제작자가) 하고 싶은 말보다 고객이 듣고 싶은 말을 해 준 사례입니다. 이 제품을 만든 이도 어떤 재료를 써서 얼마큼 정성 들여 맛있게 만들었는지를 말하고 싶었겠지만, 이런 냉동식품을 사는 고객의 마음을 조금 더 깊이 들여다본 거죠. 그 결과 고객은 내가 직접 만들지 않았다는 데서 오는 찜찜함을 떨쳐 낼 구실이 필요할지도 모른다는 결론과 함께 '당신의 시간을 찾으라'는 메시지로 마음을 좀 더 편하게 가질 수 있는 겁니다.

물건을 많이 팔겠다는 욕심에 내 주요 타깃을 대강 뭉뚱그려 생각하면 안 됩니다. 한 사람 한 사람의 이야기를 듣고 그 사람에게 필요한 것을 제공하겠다는 마음으로 접근해야 해요. 아마존의 핵심 전략 중 '소비자가 4만 5,000명이면 4만 5,000개의 가게를 운영해야 한다'는 것이 있습니다. 각 개인에게 딱 맞춰야 한다는 거예요. 우리 가게의 주요 고객을 선정할 때 나이, 성별, 직업, 학력, 성격, 취미 등을 따져 보는 건 기본이고 더 나아가서는 그 사람이 가진 고민거리까지 생각해 봐야 해요. 그 사람이 가진 인생의 목표나 살면서 중요하게 여기는 것 등을 따져 보고 그런 포부를 가로막는 문제는 무엇인지까지 살펴볼 각오로 덤벼야 합니다. 물론 매번 이렇게 작업하는 게 쉽진 않지만, 마음가짐을 이렇게 먹고 일하는 것과 대충 '우리 고객은 2030 여성'이라 잡고 일하는 건 천지차이일 거예요. 타깃을 선정할 때 또 한 번 디테일의 힘이 필요합니다. 여러분의 타깃 고객을 더 촘촘히 나눠 보세요.

V

카피 쓸 때 당황하지 않기 위한 나만의 기준
: 카피 직접 쓰기 ☞ 실전

○

제가 온라인으로 진행하는 카피라이팅 수업에는 일대
일 코칭이 포함돼 있습니다. 수강생이 실제로 작업한
카피에 대해 저에게 의견을 묻거나, 일하면서 생긴 궁
금증을 질문하는 코너인데요. 어느 5년 차 광고 카피라
이터가 질문을 남겼습니다. 그분은 현재 사수 없이 좌
충우돌하며 일하고 있는데, 그러다 보니 새로운 업무가
맡겨질 때마다 설렘보다 부담감이 심하다고 했어요. 그
분의 궁극적인 어려움은 틀을 원하면서도 자유롭고 싶
고, 막상 틀에 갇히면 뻔한 카피라이터가 될까 봐 속상
하다는 거였죠. 남 일처럼 여겨지지 않아 한참을 고민
한 끝에 답장을 보냈습니다.

　저 또한 사수 없이 혼자 일을 했습니다. 물론 최
고 결정권자인 사장님이 있었지만 사장님도 저에게 최
대한 많은 권한을 넘겼어요. "너 하고 싶은 대로 해 봐"
가 늘 나오는 레퍼토리였습니다. 저를 믿는다는 그 말
이 마음을 편하게 하면서도 은근한 부담이 되곤 했지요.
책임은 사장님이 진다고 했지만 그게 어디 그렇게 되나
요. 문득 그때 생각이 많이 났습니다. '나는 어떻게 했
더라?'

　당시 제가 내린 결론은, 자유가 마냥 좋기만 한 건

아니기에 제 나름대로 기준이 필요하다는 거였어요. 기준을 만들어 놓으면 어떤 작업 의뢰가 들어와도 긴장을 덜 할 수 있을 것 같았죠. 기준에 따라 작업하면서도 다름을 보여 줄 수 있는 카피를 써 보리라 다짐했습니다. 그렇게 세운 기준들로 나중에는 '사내 카피라이팅 가이드북'을 따로 만들어서 제가 하는 작업을 다른 직원들도 무리 없이 해 볼 수 있도록 했어요.

기준을 세울 때 가장 중요한 건 우리 브랜드가 혹은 내가 정말 쓰고 싶은 카피는 어떤 스타일인지 방향성을 고민해 보는 것입니다. 저는 자극적이거나 말장난을 하는 키치한 카피보단 담백한 설득을 하는 카피를 쓰기로 했어요. 소비자에게 꼭 필요한 걸 제안할 수 있는 카피, 무조건 이걸 사야 한다고 강요하거나 아직도 이 제품이 없냐며 소비자를 불편하게 하기보단 부드럽게 새로운 경험을 제안하는 카피를 쓰자고요.

호불호는 당연히 있습니다. 거기서 브랜드의 정체성이 드러난다고 생각해요. '이런 카피는 따분해'라는 생각이 들면 그 브랜드는 그 소비자와 맞지 않는 거겠죠. 소비자가 자연스럽게 발길을 돌릴 겁니다. 반면에 '이 브랜드의 카피는 재미있으면서 공감이 가' 하는 소비자는 자주 발걸음을 해 주겠죠? 회사마다 고유의 글

쓰기 스타일이 있습니다. 처음에 어떤 기준으로 시작하느냐가 관건이죠. 기준을 세우는 데 힘을 많이 쏟을수록 나중에 작업하기가 수월해진다는 것, 잊지 마세요.

17

{ **당연하게 쓰지 않기** }

저는 일상의 배경음악을 자주 채우는 편이에요. 글을 쓸 때는 가사 없는 연주곡을 듣습니다. 아주 집중할 때는 아무런 음악도 듣지 않지만, 책방에서 책을 읽거나 원고를 쓸 땐 재즈, 뉴에이지, 클래식 등을 번갈아 듣습니다. 최근에는 이완 효과가 있다는 플루트 연주를 들어요. 이런 음악과 별개로 도서 팟캐스트도 빼놓지 않고 챙깁니다. 주로 운전을 하거나 책방에서 청소 혹은 책 분류 작업을 할 때 틀어 놓아요. 집에서 설거지를 할 때라든지 빨래를 개킬 때, 즉 손으로 단순 작업을 할 때에도 반드시 들을거리를 준비합니다. 때론 그 일과 시간이 아깝게 느껴지거든요.

얼마 전에도 막 도착한 신간 택배 상자를 룰루랄라 뜯으며 분류 작업을 할 때 예스24에서 운영하는 팟캐스트 『책읽아웃』을 틀어 놨습니다. 반갑게도 며칠 전 단숨에 읽었던 소설 『달까지 가자』를 쓴 장류진 작가가 게스트로 출연한 방송이더군요. 이미 읽은 내용이니 처음부터 줄곧 공감하며 듣는데, 장류진 작가가 이런 말을 했습니다.

"단순히 아침이 됐으니까 아침 햇살에 눈을 떴다, 이렇게 썼어요. 그런데 쓰고 나서 보니 아침 햇살에 눈떴다는 말, 진짜 이렇게 쉽게 쓸 수 있는 말 아닌데 싶더라고요."

듣다가 저도 모르게 손이 멈칫했습니다. 이 소설을 읽으며 저도 그 부분에 밑줄을 그었던 게 생각이 났거든요. 장류진 작가의 말처럼, 독자가 있는 글을 쓰는 사람은 당연하게 생각하던 것들에 대해 다시 헤아려 봐야 합니다. 아무렇지 않게 썼다면 키보드에서 손을 떼고 다시 고민해 봐야 하는 거죠. 내가 당연하다고 여기는 것들에 해당되지 않는 사람도 '당연히' 있다는 것을요.

아주 오래전부터 작가들은 '눈부신 아침 햇살에 눈

이 저절로 떠졌다' 같은 표현을 즐겨 써 왔습니다. 우리 머릿속에 박혀 있는 이미지, 영화나 TV에서 본 이미지를 그대로 내 이야기인 양 받아들였던 거죠. 하지만 저부터도 아침에 해가 드는 집에서 눈을 뜬 게 얼마 되지 않았습니다. 유년 시절에는 반지하에서 살았기 때문에 아침에 눈을 떠도 집은 늘 오후 5시 같았고, 사회 초년생일 때나 자취할 때에도 현관에 들어서면 1층이지만 창문이 앞집 벽에 떡 하니 가로막혀 해가 잘 들지 않았죠. 하루는 친구가 저희 집에서 잔 뒤 아침에 눈을 뜨고는 깜짝 놀라 이렇게 말했습니다. "여기 왜 이래? 아침인데 왜 밤 같아?"

카피라이터도 다르지 않습니다. 당연하게 쓰지 말아야 합니다. 권남희 번역가는 '번역할 때 가장 무서운 것은 안다고 생각하는 단어'라고 했어요. 단어도 그런데 하물며 누군가의 상황을 지레짐작하여 당연하게 여기는 건 얼마나 위험한가요?

제가 육아휴직 중일 때의 일입니다. 아이를 키울 때 빠질 수 없는 물품 중에 물티슈가 있습니다. 아이가 이제 막 돌을 넘겼을 즈음이라 기저귀를 갈아 주려고 새 물티슈 캡을 열었는데, 일러스트 스티커가 붙어 있었어요. 머리를 산발한 엄마가 고개를 땅으로 푹 숙인 채 아이를 등에 업고 있는 그림이었죠. 카피는 이랬습니다. "엄마가 뭘 잘못한 건가 싶어 걱정하게 돼." 저는 당시 아이를 돌보면서 힘들다는 생각이나 내가 잘못하고 있다는 생각보다 즐겁고 행복한 마음이 큰 상태였습니다. 그런데 그 일러스트와 카피를 보는 순간 기분이 확 가라앉았어요. '왜 모든 엄마를 죄인 취급하는 걸까? 왜 모든 엄마는 서툴러서 아이에게 미안한 마음뿐이라고 여기는 걸까?' 물론 그 물티슈를 제작한 사람은 그런 엄마 상을 당연하게 생각했다기보다 삶의 다양한 방면을 보여 주려고 그런 그림을 넣었을지도 모릅니다. 그럼에도 다시 한 번 고심했어야 해요. 물건을 쓰는 주 타깃이 이걸 봤을 때 마음이 어떨지를요. 물티슈 캡만 열었을 뿐인데도 기분이 좋아지는 이미지를 썼다면 어땠을까요?

제가 29CM에서 카피를 쓸 때 세웠던 기준 가운데 하나가 '최고'라는 표현을 쓰지 않는다는 것이었습니다. 순간적으로 소비자를 유혹하기 위해 쓰는 표현 중 '올여름 반드시 입어야 할 최고의 OOO 청바지' 같은 게 있는데, 어떻게 저런 말이 가능할까 싶었어요. 카피를 쓰는 사람 입장에선 이런 달콤한 말로 고객을 빠른 시간에 유혹하고 싶겠지만, 정작 내가 그런 타이틀에 속았는지

입장을 바꿔 생각해 봐야 해요. 내가 원피스를 살 때 '올 여름 꼭 입어야 할 롱 원피스'라는 타이틀에 마음이 끌렸던가? 전혀 아니었습니다. 그 원피스를 입지 않으면 여름 패션 유행에 뒤처질 걸로 여겼을까요? 그러지 않았어요. 카피라이터가 지금 당장 쓰기 쉬운 말이라는 이유로 제품이나 브랜드의 신뢰에 도움이 되지 않을 말을 써서는 안 됩니다. 톡 까놓고 '이번 여름에 입지 않으면 안 될 원피스'라는 게 있기나 한가요? '연말 모임에 빠질 수 없는 클러치'가 정말로 고객을 안절부절못하게 할까요? 누군가에게는 그 청바지가 '인생 청바지'일 수도 있겠지만 모두에게 당연히 '인생 청바지'가 될 거라고 판단해선 안 되겠죠.

카피가 쉽게 써질 때를 경계해야 합니다. 쉽고 빠르게 써질 때는 여러 경우가 있겠지만, 대부분 진부한 표현이나 습관적으로 따라 붙는 말을 걸러 내지 않고 그냥 썼을 경우가 많습니다. 카피라이터는 진부한 표현이라는 편안하고 쉬운 길로 뻗는 유혹에 빠지기 쉽습니다. 그렇기 때문에 늘 정신을 바짝 차려야 합니다. 뻔한 말로 사람들을 현혹하고 있진 않은지, 우리 제품의 개성을 살리지 못하고 있는 건 아닌지에 대해서요. 쓰는 사람이 쉽게 썼다면 의심해 봐야 합니다. 당연하다는 안

일함에서 파생된 결론이 내 카피로 완성됐을지 모르니까요.

18

{ 남다르게 말하기 }

세일즈 카피로 물건을 팔 때 손쉬운 방법은 이 제품이 특별하다는 걸 어필하는 것입니다. 그래서 카피에 '특별한'이라는 수식어를 참 많이도 쓰죠. 특별하다는 표현은 특별하니까 특별할 수밖에 없지요. 하지만 너무 많은 곳에서 '특별한'이라는 단어만 앞세우는 건 짚고 넘어가야 할 문제입니다. '특별한'과 더불어 '색다른', '남다른' 같은 표현도 자주 등장합니다. 지금 당장 제품이 탁월해 보일 거란 생각에서 빈번히 쓰는 말이지만, 똑똑한 고객은 쉽게 눈치챕니다. 말뿐이라는 것을요.

특별하다, 색다르다, 남다르다 같은 단어를 쓰지 않고 이 제품이 비범하다는 것을 드러내려면 왜 색다르고 남다른지 그 이유를 써 주면 됩니다. 가령 '색다른 감성을 지닌 코트'라고 썼다면 다시 한 번 더 고민해 여기서 말하고자 하는 '색다른 감성'이 뭔지를 써 주는 거예요. '캐주얼과 비즈니스 역할을 겸할 수 있는 코트'라는 식으로, 이 코트를 살지 말지 고민하는 고객에게 조금 더 현실적인 도움이 될 수 있는 이야기를 해 주는 거죠. 더 구체적으로 쓰고 싶다면 캐주얼하게 입어야 할 상황과 비즈니스를 위해 입어야 할 상황(업무상 미팅 자리 같은)의 예를 들어 디테일하게 써 주는 겁니다. 그게 고객 입장에선 더 남다른 표현일지 몰라요.

어느 대기업의 온라인 쇼핑몰 작업할 때의 사례를 들어 볼게요. 날마다 발송하는 홍보 메시지 속 카피를 쓴 적이 있어요. 담당자들이 초안을 쓰고, 제가 수정·보완하여 발송하는 방식으로 일했습니다. 그때가 4월이라 봄이 시작될 무렵이었는데요, 10대 미만 아이들을 타깃으로 하는 헤어핀 카피를 만들고 있었습니다.

초안
소중한 우리 아이를 더 특별하게 만들어 줄 헤어핀 1+1

수정안

[1+1] 우리 아이 머리에 봄을 꽂아 볼까?

'소중한'이라든지 '특별하게' 같은 단어를 쓰는 대신 제품이 실제로 아이의 머리카락에 꽂혔을 때를 미리 보여 주는 것도 하나의 방법입니다. 헤어핀이 꽃과 나비를 형상화한 알록달록한 제품이었기 때문에, 머리카락에 핀을 꽂는 게 봄을 꽂는 것 아닐까 하는 아이디어를 낸 것이고요. 다른 수정안을 볼까요? 이번에는 모바일로 증권을 선물하는 상품이었어요.

초안

남다른 금융 습관 들이기 좋은 선물

수정안

투자를 경험하고 성장을 체험하는 일상도
선물할 수 있어요.

소비자에게 새로운 금융 습관을 소개하면서 '남다른'이라고 뭉뚱그리니 상품의 개성이 너무 드러나지 않았습니다. 이럴 때는 풀어서 생각하면 쉽습니다. 증권을 선물하는 것이니 주식을 한다는 것의 장점을 들여다 봐야겠죠. 그렇다면 주식이란 게 투자하고 성장하는 맛 때문에 사람들이 좋아하는 것일 수 있으니, 그런 삶을 누군가에게 선물할 수 있다고 말해 주는 것이죠. 어떻게 보면 '있는 그대로'를 말해 주는 것뿐입니다. 하지만 그런 말들이 소비자에게는 더 와닿습니다. 솔직한 사람에게 호감이 가는 것처럼요.

특별하다는 말 뒤에 가려진 이 제품, 이 서비스의 진짜 특별함을 친절하게 써 주세요. 그 특별함이 너무 많다고요? 너무 많다면 일단 다 써 보는 겁니다. 그다음에 줄이고 빼는 식으로 가장 중요한 것만 남겨 카피를 다듬는 거죠. 멋진 말로 소비자를 유인하기보다 친절하게 배려하는 말로 제안하듯 써 보세요. 소비자의 신뢰는 덤으로 따라옵니다.

자극적으로 말하지 않기

신조어나 유행어를 쓰지 않기로 마음먹었다면 뿌리쳐야 할 유혹이 있습니다. 급할 때, 혹은 어떤 유행어가 너무 널리 퍼져 있어서 나도 그 유행어를 써야 할 것만 같을 때 그 조바심을 견뎌 내야 하는 거죠. 신조어나 유행어를 카피에 쓰는 게 무조건 나쁘다는 건 아니에요. 신조어에는 요즘 사람들의 관심사, 생각, 트렌드 등이 일부 반영되어 있으니 어떤 단어와 단어가 합쳐져 그런 신조어가 만들어졌는지는 체크해 볼 필요가 있어요. 물론 꼭 필요할 때 쓴다면 어느 정도 효과를 볼 수도 있겠죠. 다만 자신이 세운 카피라이팅 기준에 부합하느냐를 따져 봐야 합니다. 또 너무 자주 신조어, 유행어를 쓰면 브랜드의 정체성이 흐려지겠죠. 어떤 단어를 주로 쓰느냐에 따라 그 브랜드의 이미지가 달라지니까요.

2020년 여름을 강타한 유행어 가운데 '싹쓰리'가 있습니다. 『놀면 뭐하니?』라는 TV 프로그램에서 결성된 그룹명인데요, 싹 쓸어버린다고 할 때의 '싹'과 멤버가 셋이라는 뜻의 '쓰리'가 잘 조합돼 무릎을 탁 치게 만드는 이름이 탄생한 거죠. 그래서 당시 여기저기서 '싹쓰리'라는 말을 붙였답니다. SNS만 봐도 정말 많은 광고글에서 '싹쓰리'를 쓰더군요. 어느 날 제가 이 말이 눈에 띌 때마다 캡처해 봤는데, 한두 시간 동안 다섯 군데가 넘는 곳에서 이 유행어를 쓰고 있었습니다. 카테고리는 (당연하겠지만) 모두 달랐어요. 패션, 주방용품, 다이어트 제품, 신발, 서적 등등 제품이 나왔다 하면 다이 말을 붙여 광고했습니다. 여기서 고민해 봐야 합니다. 유행어를 써서 이 제품이 돋보였는지를요. '싹쓰리'를 붙인 광고들은 제품의 개성을 살리는 것보다는 일단 눈에 띄는 것을 목표로 삼은 듯했어요. 물론 그 방법도 틀린 건 아니지만, 내가 혹은 우리 브랜드가 공들여 만든 제품을 굳이 여기저기서 다 쓰는 말로 홍보해야 하는지 고심해 봤으면 좋겠어요.

2020년 여름에 '싹쓰리'가 있었다면 2018년에는 영화 『극한직업』에서 나온 "지금까지 이런 맛은 없었다. 이것은 치킨인가 갈비인가"라는 유행어가 있었죠. 제 기억으로는 '싹쓰리'보다 더 유행했던 멘트였어요. 카피에 응용하기가 더 쉬웠거든요. '지금까지 이런 청바지는 없었다', '지금까지 이런 샴푸는 없었다'처럼 새로 나온 제품이 대단하다는 걸 어필하기 수월했죠. 당시 저도 회사에서 카피를 쓰고 있었는데, 저는 단 한 번도 이 유행어를 사용하지 않았어요. 제가 세운 기준이 있었으니까요.

이쯤에서 조금 의아하게 여기는 분도 있을 거예요. 제가 앞서 '빌려 쓰는 것'에 대해 이야기했는데, 유행어 또한 빌려 쓰기의 한 종류가 아닐까 하고요. 물론 그렇게 생각할 수 있습니다. 빌려 쓰기가 맞기도 하고요. 그런데 카피에 유행어를 넣을 때 이 점을 고민해 보면 좋겠어요. 지금 쓰는 이 유행어가 단순히 요즘 사람들 사이에 많이 회자되는 유행어라서 쓰는 것인지, 아니면 우리 제품이나 서비스를 더할 나위 없이 잘 드러낼 수 있어서 쓰는 것인지. 단적인 예로, '싹쓰리'를 넣어 홍보하려는 제품이 빗자루나 쓰레받기처럼 '쓸다', '쓸어 담다'라는 말과 관련이 있다면 '싹쓰리'를 넣어도 괜찮아요. 그런데 제품이 청바지라면, 그건 '싹쓰리'와 전혀 상관없으니 그 말을 쓰지 말아야 한다는 거죠. 유행어를 아예 쓰지 말자는 건 아닙니다. 다만 브랜드마다 기준을 달리 정해서, 쓰기 전에 반드시 고려해 봐야 합니다. 이 유행어가 제품에 정말 도움이 될지를요.

신조어나 유행어에 더해 자극적인 카피에 대해서도 신중해야 합니다. 카피에는 가급적 긍정적인 표현을 쓰는 게 좋은데, 부정적인 표현은 자극적이기 때문이에요. 어느 날 SNS를 통해 한 샴푸 광고 페이지를 봤어요. 거기엔 딱 한 줄로 이렇게 적혀 있더군요. "냄새 죽음". 아마도 냄새가 매우 좋다는 걸 강조하려고 했겠죠. 그런데 샴푸 냄새가 좋다는 걸 어필하기 위해 굳이 '죽음'이란 단어를 써야 했을까요? 다른 선택지가 얼마든지 있는데 말이에요. 좋은 냄새를 글로 설명할 수도 있고, 향기 좋은 샴푸를 썼을 때 고객이 경험할 삶의 질에 대해 쓸 수도 있겠죠. 그 샴푸 광고에서는 단순히 냄새가 너무 좋다는 걸 재빨리 알리기 위해 '냄새 죽인다'고 할 때처럼 '죽음'이란 단어를 썼을 거예요. 하지만 고객 입장에서 저는 이 제품이 궁금하지 않았어요. '냄새가 얼마나 좋길래 냄새 죽음이야?'라는 생각이 들지 않았다는 얘기죠. 그저 이 제품의 장점을 이렇게밖에 드러내지 못한 걸 안타깝게 여길 뿐이었어요.

카피를 쓸 때는 이것을 읽을 사람의 기분까지 추측할 수 있어야 합니다. 예전에 제가 '쇼핑의 B안'이란 타이틀을 쓴 적이 있어요. 그 전의 타이틀은 'B급 제품 리퍼브 세일'이었어요. 리퍼브 세일은 고객의 변심으로 인해 반품됐거나 작은 스크래치 때문에 제값에 팔지 못하는 물건을 모아 할인하는 거예요. 근데 제 경험상 리퍼브 세일이라 할지라도 가격이 매우 낮아진 제품을 만나는 경우는 드물어요. 정가와 얼마 차이 안 나는 경우도 있죠. 세일은 세일이지만 고객들이 인정할 만큼 저렴한 게 아닌 거죠. 그런데 커다랗게 'B급'이라는 말까지 적혀 있는 거예요. 적지 않은 돈을 주고 이 제품을 구매하려던 고객들이 이 단어를 보면 기분이 어떻겠어요. 그래서 저는 'B급', '리퍼브', '세일' 이 세 단어를 다 빼고 써 보기로 했어요. 그래서 나온 게 '쇼핑의 B안'이고, 서브타이틀은 "모두에게 A안이 최고의 해답일 순 없죠. 당신에게는 B안이 정답일 수 있습니다"였습니다. 누군가는 눈여겨보지 않을지 모르는 제목일지라도 다방면으로 생각해 봐야 합니다. 이 페이지에서 물건을 보고 지갑을 여는 고객이 기분 상하지 않도록 말이죠.

20
{ 쉬운 단어로 쓰기 }

흔히 비문을 쓰게 되는 까닭은 어려운 단어를 쓰려고 하는 데 있습니다. 모든 글을 쉽게 쓰라는 건 아니지만, 애매하게 알고 있거나 명확하게 이해하지 못한 단어는 아예 쓰지 않는 편이 좋다는 거죠. 굳이 어려운 단어나 전문 용어 혹은 영어나 한자를 동원해 화려하게 쓸 필요가 없습니다. 명확하게 알지 못하는 단어를 어설프게 쓰다 보면 비문이 되는 거예요. 그럴 바에는 차라리 정확히 아는 쉬운 단어로 친절하게 쓰는 편이 낫습니다. 상대방을 배려해 쉬운 말로 쓴 문장을 읽고서 수준이 낮다며 비판할 사람은 없어요. 어휘와 사소한 맞춤법까지 신경 쓰며 눈에 거슬리지 않게 써야 브랜드나 제품의 신뢰도가 높아집니다. 어려운 말을 늘어놓는다고 해서 브랜드 가치가 높아지는 게 아닙니다.

『아홉 살 마음 사전』은 어린이가 잘 모르는 단어를 이해하기 쉽도록 쓴 책입니다. 사례에 맞춰 단어를 어떻게 활용하면 되는지도 나와 있어요. 어린이책이지만 저는 카피라이팅 수업에 참석한 분들에게 추천하기도 합니다. 알고 있다고 생각했는데 누군가에게 설명하기 어려운 단어가 간혹 있거든요. 저는 일곱 살 아들을 키우고 있어 더 뼈저리게 느낍니다. 이 책은 '이걸 어떻게 설명해 줘야 할까?' 하는 고민이 되는 것들을 아이들의 눈높이로 설명해 주니 쉽고 재미있습니다. 때로는 어려운 말을 많이 익히려고 하기보다 원점으로 돌아가 내가 알고 있는 말부터 명확히 제대로 짚고 넘어갈 필요가 있습니다.

패션업계에는 전문 용어가 많습니다. 하지만 일반인들은 잘 모르는데 업계에서 쓰는 말이라서 그대로 사용하는 건 주의해야 합니다. 물건을 구매하는 사람 중엔 전문가도 있겠지만 그렇지 않은 사람이 대부분입니다. 만일 일반 소비자를 무시한 채 설명을 하면 소비자는 '나와 상관없는 브랜드구나', '나와 거리가 멀게 느껴진다'라고 여겨 그 길로 눈을 돌릴지도 모릅니다. 전문 용어가 들어가야 한다면, 한 번 더 친절히 설명하는 수고를 귀찮아하지 마세요. 쓰는 사람이 수고를 더 할수록 브랜드 혹은 제품의 팬은 늘어납니다.

29CM 같은 유통 채널은 브랜드에서 주는 자료를 활용합니다. 이때 그 자료를 복사해 붙여넣기만 하면 안 됩니다. 한 번 더 해석해서 고객에게 전달하는 과정을 거쳐야 해요. 그러는 과정에서 그 회사만의 개성이 드러나기도 하는 거죠. 제가 텍스트를 담당하던 시절 해당 작업을 맡은 직원들에게 당부한 말이 있었습니다. 브랜드에서 주는 자료를 그대로 넣지 말고 어려운 말은 없는지, 이해가 되지 않는 부분은 어떻게 수정하면 좋을지 고민하는 시간을 가지라는 거였죠. 패션 관련 용어에 관해서는 제가 기준이었어요. 저는 패션에 대해 거의 모르는 일반인이니까 제가 모르는 말이면 무조건 검색해 보고 '아, 이런 옷을, 이런 소재를 말하는 거였구나' 하면서 풀어서 쓰려고 노력했습니다. 그런 친절함은 결국 고객에게 전달돼요. 그래서 누군가에게는 자꾸 방문하고 싶어지는 사이트가 되었는지도 모르겠습니다. 왜냐고요? 이해하기 쉬우니까요.

21

{ 디자인을 함께 고민하기 }

저는 전공이 가구디자인입니다. 미대 출신이란 이유로 대학 졸업 후에는 꽤 긴 시간 미술학원에서 아이들을 가르쳤어요. 그러다가 우연한 계기로 편집디자인의 세계에 발을 들여놓았고 약 6년간 디자이너로 일했습니다. 편집디자인에서 매력을 느낀 부분은 뒤죽박죽이던 이미지와 텍스트를 강약을 조절하여 깔끔하게 정리정돈한다는 것이었어요. 편집디자인이나 웹디자인은 보는 사람에게 필요한 정보를 가장 잘 전달하기 위해 시각적으로 정리하는 작업이잖아요. 물론 깊이 파고들면 수많은 요소가 숨어 있지만요. 나름의 공식을 두고서 그걸 잘 지키기도 하고 조금 벗어나기도 하며 보기 좋게 나열

하는 일은 매력적이었어요. 밤새 작업해도 힘든 줄 모르겠더라고요. 그땐 젊기도 했지만요.

본격적으로 카피라이팅 업무를 하면서는 디자인에 일절 손대지 않았어요. 그런데 없애려 해도 잘 지워지지 않는 감각이 하나 남았답니다. 바로 헤드카피나 서브카피가 지면 혹은 화면에 어떻게 놓여야 메시지가 가장 잘 전달되는지를 아는 감각이에요. 어떤 단어를 강조해야 하는지, 어디서 행을 나눠야 잘 읽힐지, 서브카피를 몇 단으로 나누면 좋을지 등이 보이는 거죠. 이렇게 메시지 전달력과 디자인을 동시에 이해할 수 있기 때문에 디자이너에게 카피라이터인 저의 의견을 최대한 어필할 수 있어요. 카피라이터라고 해서 글을 써 작업자에게 넘기기만 하면 끝이 아니라 최종 결과물이 어떻게 완성되는지까지 챙겨야 해요. 내 의도와 상관없이 지면상에서 예뻐 보인다는 이유로 디자이너가 카피를 어설프게 배치해 글의 의미까지 달라질 때도 있거든요. 온라인의 경우 최종 업데이트된 페이지를 반드시 확인하는 과정을 거쳐야 합니다. 디자이너에게는 카피가 지면 전체를 구성하는 소스 중 하나이기 때문에, 카피라이터가 의견을 정확히 전달하지 않으면 애써 쓴 카피가 영 힘을 발휘하지 못할 수도 있어요.

현재 진행 중인 일대일 텍스트 컨설팅에서도 디자인 부분에 대한 의견을 빼놓지 않습니다. "유튜브 화면을 캡처한 이미지는 빼는 게 나을 것 같아요. 폰트 색깔은 두 가지 이상 쓰지 마세요. 너무 화려하면 지저분해 보이고 오히려 강조가 덜 될 수 있어요. 이미지나 그래프를 뒷받침하는 폰트의 두께는 볼드로 하지 마세요. 크기는 줄이는 게 좋겠어요." 이런 자잘한 것들을 문서 작성자가 잘 모를 수 있으니, 이야기를 해 주면 다음부터는 실수를 덜 하게 되죠. 사소한 요소 한두 개만 수정해도 광고에서 무엇을 주장하고 싶은지가 명확히 드러나 나의 카피까지 돋보일 수 있어요.

반대로 디자이너가 카피를 쓰거나 볼 줄 아는 능력이 있을 때에도 상당히 도움이 되겠죠. 그래서 저는 사내 카피라이팅 강의에 엠디, 마케터, 기획자뿐만 아니라 디자이너도 꼭 참여할 것을 당부했어요. (개발자도 들어 두면 유익하죠.) 직접 카피를 쓰진 않아도, 카피라이터가 어떤 이유로 그렇게 썼는지를 알면 작업에 유리한 점이 있기 때문이에요. 카피의 의도와 의미를 정확하게 파악하고 작업하면 좋으니 디자이너와 카피라이터가 많은 대화를 나누는 것도 한 가지 방법입니다. 그게 우리가 회의를 하는 이유이기도 하죠.

22

{ 이야기를 넣기 }

제가 29CM에 입사했던 2011년은 온라인 쇼핑몰의 에디팅 카피라이터라는 개념조차 희미하던 때였어요. 사실 여전히 그렇기도 합니다. 대부분 기획자, 마케터, 엠디가 상품이나 서비스에 대한 글을 쓰죠. 29CM에서 저는 텍스트로 할 수 있는 다양한 시도를 해 보면서 우리만의 카피나 상세 페이지에 대한 방향을 정할 수 있었어요. 상품 소개를 이미지 하나 없이 릴레이 소설로 하기도, 여러 상품을 모아 놓고 그 상품들이 전부 들어가는 이야기를 짓기도 했거든요. 그때 제가 세웠던 '카피에 이야기를 넣자'라는 기준은 많은 사람들에게 29CM를 좀 더 알리는 계기가 되기도 했어요.

제가 주로 썼던 카피는 온라인 쇼핑몰이라는 특성상 빨리빨리 사라지는 글이었어요. 구역은 한정적인데 제품은 워낙 많다 보니 한 브랜드나 상품을 오래 노출할 수 없었지요. 분야는 다르지만 저도 잡지나 TV 광고에 등장하는 카피처럼 제가 공들여 쓴 카피가 많은 사람들에게 회자되면 좋겠다는 소망을 품기 시작했어요. 그래서 고민했습니다. 회전율이 높은 페이지의 카피를 더 많은 사람들이 기억하게끔 하는 방법은 뭘까?

제가 생각한 건 바로 읽히게 쓰는 것이었어요. 공감해서 읽고 싶게 만들자고, 화려한 이미지나 자극적인 유행어로 '보게' 되는 카피가 아니라 '읽게' 되는 카피를 쓰자고 스스로 다짐했죠. 그때 생각한 것이 헤드카피에 '10% SALE' '1+1' 같은 숫자가 아닌 이야기를 넣는 것이었어요. 제품을 팔고자 하는 엠디는 숫자를 넣어서 싼 가격이나 덤으로 주는 것들을 노출하고 싶어 했지만, 저는 우리만의 카피라이팅 기준을 확립하려고 최대한 그런 건 빼자고 했어요. 가급적 홈페이지 메인에 노출되는 상품 배너에는 숫자보다 글이 더 많은 사이트를 만들고자 했죠. 이런 방식이 모든 브랜드에 적용되는 건 아닙니다. 숫자가 아예 도움이 되지 않는다는 것도 아니죠. 제품 가격이나 별점 후기 등으로 사이트의 정체성을 돋보이게 하는 것도 한 가지 방법입니다. 다만 저희는 29CM에 어울리는 방법을 찾고자 했고, 그게 카피에 이야기를 넣는 방식이었던 거예요.

우리의 뇌는 사실만을 나열한 정보보다 이야기로 엮어 낸 정보를 더 잘 기억합니다. 기본적으로 인간은 이야기를 좋아해요. 밤새워 소설을 읽고 두세 시간씩 어두운 극장에 들어가 영화를 보는 건 다 새로운 이야기를 만나기 위함이죠. 그리고 인상적인 이야기는 다른 사람들과 공유하고 싶어 해요. "그 영화 봤어?" 하면서요. 저는 읽고 싶어지는 카피를 쓰려고 했어요. 이에 대해 너무 감성적이라며 부정적인 시선으로 보는 분도 있었지만, 결과적으로 29CM의 카피를 좋아하는 팬이 생기기 시작했고 같은 제품이라도 제가 쓴 카피를 보고 구입했다는 고객의 후기가 간간이 들려오기 시작했어요.

모든 카피에 새로운 이야기를 만들어 넣기란 쉽지 않았습니다. 그럴 때마다 저는 개인적인 경험과 정서를 최대한 끄집어내 썼어요. 주변 사람을 관찰하고, 그들에게 많이 질문했어요. 우리가 판매하는 제품을 다 사용해 볼 수는 없어도 많은 시간을 제품 이해에 할애하고 나와 주변 사람들의 경험에 빗대어 쓰기 시작했고요. 여기서 메모의 중요성을 다시 한 번 강조하겠습니다. 수시로 메모해야 꼭 필요할 때 유용하게 쓸 수 있다는 걸 기억하세요.

저는 어떤 제품을 홍보할 때, 같은 종류의 제품을 다른 회사에서는 어떤 카피로 어필했는지 확인하고 가능하면 그것과 완전히 다른 카피를 쓰고자 했어요. 무조건 다르게, 어디서도 볼 수 없었던 카피, 고객이 처음 보는 카피를 쓰자고 다짐했죠. 이 다름은 대단한 게 아니에요. 기존 카피에 흔히 등장하던 단어나 표현, 가령 '필수', '꼭 사야 하는', '갖고 싶은', '베스트 오브 베스트' 등을 안 쓰는 거였어요. 이 제품을 안 사면 큰일 날 것처럼 말하기보다 최대한 그 제품의 속성에서 장점을 찾아내 제목에 붙이고자 했지요. 그러기 위해선 공감 포인트를 찾고, 짧더라도 스토리를 담아 제품을 이야기 형식으로 기억되게 해야 했어요.

거창한 것 같지만 어렵지 않습니다. 이를테면 '커피&차茶 기획전' 같은 타이틀을 '오늘 처음 마시는 커피'라고 쓰는 거예요. 커피를 즐겨 마시는 사람은 잘 알 테죠. 아침이든 점심이든, 그날 처음 마시는 커피가 제일 맛있다는 걸. 저는 사람들이 카피를 보고 커피를 마시고 싶어지면 좋겠단 생각을 했어요. 그렇다면 커피가 제일 맛있을 타이밍을 언급해 주자, 해서 위와 같이 쓴 거예요.

하나 더, 추운 겨울에 커튼을 판매하는 기획전 카피는 '겨울 커튼 총집합' 대신 '한 폭이자 거의 전부, 겨울 창에 커튼이 할 수 있는 모든 것'이라고 썼어요. 집에서 커튼은 넓은 면적을 차지하는 패브릭이죠. 그래서 커튼을 한 폭이라 가정하고 그 한 폭이 거실 혹은 방, 더 나아가 집 전체의 분위기까지 바꿀 수 있다는 걸 나타낸 거예요.

다소 어렵게 느껴질 수도 있지만, 쓰지 말아야 할 표현이나 단어 등 기준을 세워 놓고 카피를 쓰다 보면 어느 순간 자연스럽게 쓰게 돼요. 중요한 건 이렇게 쓰다 보면 재미있어진다는 거예요. 써지는 대로 쓰는 카피가 아닌 다르게 쓰려고 노력한 카피는 티가 나게 마련이고, 내가 보기에 뿌듯하면 어느 순간 일에 흥미가 생겨요. 그렇게 카피 쓰는 걸 즐기게 되고, 즐기면 더 잘 쓰게 되죠. 실핀 하나를 판매하는 카피를 쓴다고 해도 거기에 가치를 더해 줄 수 있다는 자부심을 갖고 일할 때와 그러지 않을 때의 작업물은 결과부터 달라요. 카피를 쓸 때 '여기에 사람들이 좋아하고 듣고 싶어 할 이야기를 넣어 줄 거야'라고 생각하며 써 보세요. 딱 한 번이라도 그렇게 해 보세요. 별거 아닌 듯한 일도 누군가에게 영향을 줄 수 있다고 생각한다면 마음가짐부터 달라지지 않을까요?

23

실전으로 확인하기

자전거 기획전 > 손대지 않고 바람을 가르는 방법

짧은 거리는 자전거로 이동하는 사람이 늘면서 자전거에 대한 관심이 높아지던 때, 여러 종류의 자전거를 모아 판매하는 기획전이었어요. 자전거를 이용하는 사람들이 스스로를 좀 더 멋지게 느꼈으면 하는 바람에서 싱싱 달리는 사람의 모습을 떠올려 봤죠. 자전거를 타고 달릴 때 우리는 가장 먼저 바람을 느낍니다. 저는 그것을, 손은 운전대를 잡고 있지만 쌩쌩 지나가면서 공기를 가른다는 의미를 담아 마치 무술을 하는 사람처럼 '손대지 않고 바람을 가른다'고 묘사했어요. 쓰면서도 재미있다는 생각을 했던 게 떠올라요. 사실 고객들은 갸우뚱할 수 있는 카피였지만 호기심을 끌기에 충분했고, 실제로 기발하다는 피드백을 고객에게 직접 받았습니다.

거실 꾸미기 아이템 >
거실, 집의 중심에서 감각의 중심으로

집의 모양이 다양해졌다고는 하지만, 기본적으로 우리가 집을 말할 때 거실이란 공간을 중심으로 다른 공간을 나누곤 하지요. 거실 인테리어 아이템을 모은 큰 기획전에 쓴 카피였는데, 집의 중심인 거실에 둘 감각적인 아이템을 판매한다는 의미를 담아 '감각의 중심'이라는 키워드를 사용했습니다.

더불어 이런 서브카피를 덧붙였어요. "우리 집에서 가장 큰 공간인 거실. 가족을 모으기 위한 새로운 감각이 필요하다면 입장하세요." 보통은 '지금 확인하세요' 같은 표현을 많이 쓰지만, 공간이 키워드니 거기에 맞게 '입장하세요'라고 썼습니다.

올여름 휴가에 빠질 수 없는 아이템 > 바캉스의 밑그림

여름이면 빠질 수 없는 휴가 아이템 기획전에 사용한 카피입니다. 여행 가방을 준비하는 것을 '밑그림'이란 키워드로 다르게 말했어요. 서브카피에는 이를 뒷받침할 수 있는 내용을 넣었습니다. "당신이 그릴 바캉스의 밑그림 작업을 도와드립니다. 수영복부터 자외선 차단제까지 꼼꼼히 스케치하세요." 여기서도 단순히 '확인하세요' 같은 표현 대신 '스케치하세요'라는 말로 밑바탕과 어우러져 그림을 그린다는 느낌이 끝까지 이어질 수 있도록 했습니다.

지금 꼭 사야 할 편한 바지 모음 >
편하고 싶어 편애하는 바지

라임을 맞춰 위트 있게 써 본 헤드카피로, '편하다'와 '편애하다'라는 단어를 활용해 쉬우면서 완성도 있게 쓴 카피입니다.

티타늄 안경테 출시 >
딱딱한 인상은 숨기고 지적인 호감은 살렸다!

이 안경을 쓴 모델을 보고 떠올린 카피입니다. 각이 있는 안경테였는데도 선이 부드러운 편이었어요. 이 안경을 쓰니 자칫 딱딱해 보일 수 있는 모델의 얼굴에 지적인 느낌이 더해져 호감형이 되더라고요. 새로운 제품이 출시된 경우 그 제품을 배치하기 전후의 이미지를 관찰해 카피를 쓰는 것도 하나의 방법이에요.

쌀쌀한 가을에 입는 따뜻한 스웨터 >
스웨터 온기 처방전

앞서 이야기했던 대로 늘 무심결에 사용하는 단어를 쓰면 무난하게 읽혀 고객의 시선이 걸리지 않을 수 있습니다. 따라서 '온기'와 '처방'처럼 서로 잘 만나지 않던 단어들을 찾고, 의미는 통하지만 신선한 조합으로 카피를 쓰는 것도 방법입니다.

여권을 넣을 수 있는 지갑 >
해외 출장이 잦은 사람을 위한 지갑

당시 홍보해야 하는 지갑은 여권을 끼울 수 있는 장지갑이었습니다. 단순히 '여권을 끼울 수 있는 지갑'이라고 해도 지장은 없지만 조금 더 타깃을 건드리는 방법을 써봤어요. 여권을 꽂을 수 있는 지갑을 쓰는 사람이라면 해외 출장이 잦은 사람일지도 모른다는 가정 아래 콕 집어서 '해외 출장이 잦은 사람을 위한 지갑'이라고 한 거죠. 소비자가 이 지갑을 선물할 만한 누군가를 떠올릴 수 있다면 관심을 갖고 주의 깊게 볼 것이라 예상하면서요. 타깃을 좁혔을 때 구매율이 오를 수도 있다는 점, 잊지 마세요.

분위기 있는 그릇 모음 > 어떤 무드는 맛이 된다

이 카피의 핵심 키워드는 '무드'mood였습니다. 무드는 분위기를 뜻하는데요. 그릇을 잘 활용하면 분위기가 달라지고 맛까지 달라질 수 있다는 것을 암시하며 이 제품이 고객의 일상에 들어갔을 때 어떤 효과를 주는지 살짝 언급한 경우입니다. 서브카피는 "보이는 게 달라지면 음식 맛도 바뀝니다"였어요. 아무 그릇에나 대충 먹는 것과 갖춰 놓고 먹을 때의 차이점을 짚어 주고자 한 거죠.

빨리 따뜻해지는 스프 > 8초 크림스프

카피에 숫자를 넣는 건 구체적으로 쓰는 방법 중 하나인데요. '빨리 따뜻해진다'라고 쓰는 것보다 정확하고 구체적으로, 얼마 만에 따뜻해진다고 말해 주면 더 효과적이겠죠? 그래서 8초 만에 크림스프가 완성된다는 뜻으로 '8초 크림스프'라고 썼습니다. 그리고 스프는 따뜻한 게 기본이죠. 그러니까 '따뜻하다'는 말은 굳이 넣지 않아도 돼요.

카피 쓰는 법
: 쉽고 짧게, 잘 쓰는 기본기를 다지기 위하여

2021년 11월 24일   초판 1쇄 발행
2024년 8월 4일   초판 4쇄 발행

지은이
이유미

펴낸이   **펴낸곳**   **등록**
조성웅   도서출판 유유   제406-2010-000032호(2010년 4월 2일)

                 주소
                 경기도 파주시 돌곶이길 180-38, 2층 (우편번호 10881)

전화   **팩스**   **홈페이지**   **전자우편**
031-946-6869   0303-3444-4645   uupress.co.kr   uupress@gmail.com

                 페이스북   **트위터**   **인스타그램**
                 facebook.com   twitter.com   instagram.com
                 /uupress   /uu_press   /uupress

편집   **디자인**   **조판**   **마케팅**
인수, 김유경   이기준   정은정   전민영

제작   **인쇄**   **제책**   **물류**
제이오   (주)민언프린텍   라정문화사   책과일터

ISBN 979-11-6770-017-9 04800
      979-11-85152-36-3 (세트)